推しはまだ生きているか
IS MY BIAS STILL AL
人間六度
集英社

contents

IS MY BIAS STILL ALIVE?
推しは

まだ
生きて
いるか

サステナート314

路上で唾を吐いたら罰金千サークル。飴玉やガムを捨てても同額。嘔吐《おうと》は二千サークル。排泄行為は二千五百サークル。プラスチック由来のゴミを指定の回収口以外に捨てたら三千サークル。さらに捨てたものの質量が三百グラム以上で、質量比で二割に金属を含むなら追加で一万二千サークル。届出をせずにものを燃焼させたら四万サークル。その他、禁止された化学反応を誘発しても四万サークル。

この街で勝手にものを捨てると、罰金をとられる。千サークルっていうのは街の最低時給の二倍だから、だいぶな額だ。

ダメって言われるとしたくなるのが人のサガ。

でも、誰にも見られていなくたって、やっぱりポイ捨てはしないほうがいい。

公園とか、路地裏とか、役所の駐車場とか、そういうところにこそ監視カメラは潜んでいる。カメラはまるで早撃ちガンマンのように、投棄を発見すると瞬時に投棄者の口座を割り出し、規定額を自動的に資源省《ミニストリー・オブ・リソース》の口座へと送金してしまう。

そして、その額は、年々増え続けている。

ものは大事にしましょう。

モッタイナイ・スピリッツ。

うん。

自殺だって、今年から七十二万サークルに値上がりしたわけだし。

＊

おい。ったく。七十二万サークル誰が払うんだよ。って――。

それが、私が最初に考えたことだった。

共同葬儀場には、気持ち悪いぐらいたくさんの人が集まっていて、今日も今日とて持続の儀式が行なわれている。ずっと昔、私たちの先祖が住んでいた国の南方の地域には、墓場で酒を酌《く》み交《か》わすという文化があったそうだが、それって、持続の考え方とちょっとだけ似てるかもしれない。

正しく生きた人の死は、次に来る命の歓迎。

それが持続の理《ことわり》を信奉し、電子貨幣《円《サークル》》を通貨として用いるここサステナート314の、下水みたいに異臭を放つ普遍の倫理だ。

葬儀場の構内にあるでかいプールは、弔問者がガラス窓越しに眺めることができた。黄緑色の液体が満たされたプールのへりに並んでいるのは、十余個の棺桶。

そのうちのどこかに、マドカがいる。

棺桶の中はガラス越しには判別できないけれど、プール上の巨大なスクリーンには確かにマドカ・ウツミという名が浮かんでいる。ウエディングドレスに用いられる刺繡《ししゅう》みたいに煌《きら》びやかな文字で。

マドカは、高等教育所のクラスメイトだ。

彼女の死を知ったのは、三日前。

その日。私は家業の手伝いをしていた。ボロい直立マシンを動かして、畑に肥料を撒《ま》くっていう作業。楽だけど、全然楽しい仕事じゃない。誰かの糞尿から分離した窒素とリン酸を土に混ぜて戻すなんて誰がやりたがる？

それで家に戻ると、母が娯楽モニターと私を交互に見て言うのだ。「これ、あなたの友達なんじゃない」私は公営放送の公開する、地区ごとの死亡者リストに浮かぶ彼女の名前を見て、一瞬、マドカが友達なのかどうかを考えてしまった。

私はさ、友達だと思ってるよ、もちろん。

でもあっちは思ってくれてたのかな。

そんな、全く意味のない議論には結論を出さずに、私は家を飛び出した。

あんなのはただの文字だ。だってそうでしょ？　ここには人間がたった五十一万人しかいないけど、同姓同名がいないわけじゃない。それにマドカとは、六日前に会ったばかりだ。退屈な一般物理学の授業を一緒にサボって、データ屋で古いゲームをディグって、闇市で再生肉のケバブを食べたばかりだ。

マドカが、あの勝手な女が死ぬはずがない。

「マドカ……！」

彼女の住む、いや住んでいた一人暮らしのアパートは扉が開いていて、中では既に資源省の役人が机やら家電やらを差し押さえているところだった。

「親戚の方ですか」

声をかけてきた大家らしい女性の声は、軽蔑を含んでいた。

「自殺らしいですよ。自分一人だけ楽になろうだなんて、浅はかなことです。罰金の用意はできてるんですか？」

「いえ、私は……」

ただの友達です。そう小さく答え、呆然《ぼうぜん》と帰路についた。

あれから三日。私はまだ栄養補給ビスケットを二枚しか食べられていない。

おい。ったく。

七十二万サークル誰が払うんだよ。

って、初めはそう思ったけれど、考えてみればマドカに罰金を払ってくれるような一緒に暮らす家族はいなかった。だから彼女の戸籍が登録されている右翼地区の税金が、きっとまた少し上がるだけ。彼女の死がこの街に及ぼした影響なんて、その程度のものだ。

私は、波打つ黄緑色のプールを眺める。

丸太みたいな腕を持つ二足歩行のマシンが出てきて、並べられた棺桶を、端から持ち上げていく。棺桶は入浴剤みたいにプールに投入されていき、底に達すると自壊して遺体を黄緑の液の中へと放出していった。

かつて、故郷の星には海というでかい水溜《みずた》まりがあったらしい。海は有機物のスープで、全ての生き物は暗い海底から生まれてきたのだとか。面白い御伽話《おとぎばなし》だと思う。

最後まで、遺体の顔は見えなかった。そこで行なわれているのは、返還の儀式だ。酵素を含む溶液は人体をゆっくりと分解し、タンパク質の鎖を断ち切る。溶け出すヌクレオチド。水面に浮かべた紙のように繊維をほつれさせ、ドロドロになり、やがていくつかの個別の成分となってプールの底に沈殿する、人だったもの。それらは有機肥料と希少ミネラルに分けられ、資源省に回収され、再分配される。発生したガスも、吸気口が吸い取って燃料として再利用される。

この街には、葬儀の自由がない。

栄養のシチューになって煮込まれる遺体のどれがマドカだったものなのか、ついにわからないままだった。それでも合唱のような祈りが場を満たしている。

正しく生きた人の死は、次に来る命の歓迎。

私はその場で嘔吐した。

体は、有機物を包む袋でなければならない。唾の一滴さえ、それはいずれ都市の土壌に還元されるためにある。

口を拭うとすぐフォンを取り出し、残高を確認する。胃液しか出ていない。幸いなことにそれが唾と認識されたらしくチャージは千サークルで済んだけれど、人の視線は誤魔化せない。こっち、見んな。心の中で毒づき私は逃げた。

友達と交わすべきだった最後の別れを放棄し、人を押し退けて建物の外に出る。

もっと、遥か遠いところへ行きたかった。でも空を覆う巨大なドーム状の天井がそれを許しちゃくれない。

両足に伝う核融合エンジンの微《かす》かな振動と、景色が持つ奥行きの限界点。作られた風がこれみよがしに吹き、慰めるように髪をゆする。

今日は人工太陽の出力が高くて、洗濯日和だ。

＊

サステナート314は、恒星間航行移民船の内部に作られた居住区画だ。

全長約十三キロメートル、全幅七キロメートル、ドーム最上部までの高さは四キロメートル。

航行暦一〇七年元日付の総人口は、五十一万三千二百十二人。

あらゆる物質と電磁波を遮断する機密性ドームに覆われており、人工重力で地球の海抜〇メートルと同じ1Gに置かれ、ドーム内壁に表示される人工天体は地球の北緯三六度・東経一四〇度地点の天球を模倣《もほう》して動作している。

地球の深刻な環境破壊と食糧難を打開すべく、メガ企業《ヨルゼン・コンストラクト》によって建造された移民船は、光速の五十五パーセントで地球から約百光年先にあるスーパーアース《ＴＯＩ－７００ｄ》を目指して移動していた。

出発から既に百年余りが経過しており、入れ替わりの早い家系では第五世代が生まれつつあるが、若年層の大部分を占めるのは第四世代だ。

今、サステナートではある『問題』が起こっている。

移民計画の最初期にも、一世紀越しに起こりうる『問題』について言及はされていた。すなわち、宇宙船に乗り込むことを自らの意志で決定した志願者たち《決断者》が、おおよそ死に絶えている百年後――一度も《決断者》と話したことのない世代の人間は、先祖の意思決定に付き合わされ、宇宙を翔《と》ぶ流浪の民にさせられたことに疑問を抱き、深刻な世代間分断を引き起こすであろう、と。

＊

自宅に戻ると、母が、机いっぱいに料理を作って待っていた。

この街では、もとよりエネルギー効率の面から菜食が推奨されている。そのうえ、私の家は農家ときた。普段の皿は、茶畑かってぐらい青い。

でも今日は違った。鯛があった。唐揚げと刺身と兜《かぶと》の煮付け。骨は味噌汁に入っている。

海のないこの街では、魚介は牛肉と同等か、それ以上に得にくい。というのも、魚介を得るには海を模倣した動力付きの巨大な生簀《いけす》で養殖する他なく、いかに魚介の増肉係数が低かろうと、生産するのに莫大な電力を消費してしまうからだ。

だからこんなのは普通じゃない。

「最近あまり食べてないでしょ」

母が、目尻に皺《しわ》を作ることも厭わず、慈愛に満ちた表情をした。

私は作り笑いを張り付け洗面所に向かう。

ああ、そうか。懐かしい感覚だ。人が死ぬとこうなるのか。

祖父が死んだときもそうだった。サステナート314は、物資が限られている。エンジンと人工太陽を動かすために使われる核燃料の廃棄物を除いて、いかなるものも船外に廃棄することはできない。そういう仕組みになっている。全ては、持続の理の中にある。

だからこそ、正しく生きた人の死は、次に来る命の歓迎。

――わかる、リン。おじいちゃんは死んでも消えない。

母があのとき私の目を見て祈るように言ったことが、今も鮮明に思い出せる。

――あなたの体の一部になる。

鏡に映る自分の顔は、ひどく血色が良かった。唇はピンク色で張りがあって、湿潤な瞳は蛍光球の青白い冷光を反射して輝いている。ほとんど何も食べていないのに、たった二枚の栄養補給ビスケットの濃縮された強烈なエネルギーが体を保っている。

母に向けて作った笑顔が、顔にまだ張り付いたままだ。

なんて顔してるんだ。

わかってんのか私。

マドカは、死んだんだぞ？

リビングに戻り、豪華な晩餐《ばんさん》と再会する。待ちくたびれた顔で母が、私のコップに麦茶を注ぐ。

電熱板の上に置かれたサザエは、まだ生きている。苦しそうに厴《へた》を動かして、開口部から湯気を上げている。

美しい螺旋《らせん》を描くその殻は、炭酸カルシウム製。殻は、サザエの餌となる海藻と水槽内の擬似海水に含まれるミネラルから成り、その出どころの一部は、あの葬儀場のプールだ。

「もういい感じよ。ほら」

母がサザエの口に酒と醤油を垂らす。

香ばしい匂いが鼻孔を伝い、胃袋まで降りてくる。そこにあるはずの、私が見ないようにしてきた食欲に火をつけるために、降りてくる。

私は、箸でサザエを皿の上まで持ってくる。

祖父は、プールでドロドロに溶けていった。

私は、鉄の爪楊枝《つまようじ》を差し込んでサザエの厴をなんとかこじ開けようとする。

祖父が溶けた翌日、資源省から届いた配給肥料を畑に撒いた。

私は、ようやく厴を剝がし殻から身を引きずり出す。

祖父が溶けた半年後、収穫したごぼうを豚汁に入れて食べた。

——あなたの体の一部になる。

突如、吐き気が食道を駆け上がってきて、口を覆った。皿からサザエが滑り落ち、床に散らばる。母は焦って落ちたサザエを電熱板の上に戻そうと試み、「なんてもったいない！」と強い語調で注意した。

私は椅子を倒してリビングを飛び出し、納屋へと走った。

空には光を反射したのでもなんでもない、実体のない三日月が、雲間から輝いている。最高地点でも四キロほどの高さしかないこの街では、雲は縦に発達できず扁平形《へんぺいけい》をとる。そのためドーム近くには常に水蒸気の層ができていて、夜はいつも朧月夜《おぼろづきよ》だ。

たかだか四十メートル程度の厚みしかない大地を蹴りながら納屋に転がり込むと、農作業マシンの脚部装甲に頬を寄せた。

大きくて動く無機物は、それだけでなぜか安心できる。

長い鎖か何かが、私の体と街とをつないで縛り上げているみたいだった。

息苦しい。

でもそれは、いつからだろう。マドカが死んだ時からだろうか。それとも私は、最初からこうだったのだろうか。

喉元まで迫《せ》り上がる命の臭気を忘れたくて、私は空腹を抱きしめて眠った。

＊

爆音と地響きで目覚めた。雷鳴かとも思った。でも雨音は聞こえない。そもそも雨が降るなら、フォンに気象省《ミニストリー・オブ・アトモスファ》からの降雨宣言が流れるはずである。

また爆音。今度は地面が露骨に揺れる。遠くで鳴る機械じみた歩行音。次第に大きくなっている。私は納屋の扉を数センチ開き、恐る恐る外を見る。

目を見張った。

ホウレンソウ畑を跳び越え、二足歩行のマシンが全力疾走してきていた。うちのより頭ひとつ分小さいので、全高は二メートルほどか。マシンにしては小柄だけど、極太の腕が胴体に対してかなり不格好で、そのうえ、両腕に畳一畳ほどの大きさの直方体のコンテナを抱えているので、大きさ以上に存在感があった。

次の瞬間。マシンが空高く舞い上がった。爆音は、ジャンプ音だった。放物線を描いて飛んできたマシンは、あろうことか納屋の手前に着地し、大地に三メートル大のヒビを穿《うが》つ。

「……!?」

絶句する私に向け、マシン胸部にあるレンズの焦点が絞られる。

『今、めっちゃ逃げてきてん！』

その内容とは裏腹に、まるで洞窟の底から響くうめき声のような、おどろおどろしい合成音だった。

マシンはコンテナをそっと地面に降ろすと、両腕をがばっと広げ、拙《つたな》いジェスチャーを繰り出した。

『資源省の連中しっつこくてさ。ウチのことどんだけ好きなんってカンジ』

ドームに張り付く人工の月光をふさぎ、私の頭上に巨大な影を落とす鋼鉄の塊。

明らかに、関わるべきじゃなかった。

毎年五人ぐらいが、マシンの誤作動で死ぬ。民間の自律型マシンは意識定着の方法が特殊で、バグが出やすいのだ。こいつは小柄だけど、間違ってその両腕に抱かれでもしたら、私もシチューの具になってしまう。

だから無視して納屋の中に引っ込もうと思った。

だけど。

『ねえちょっとリンネ。リン・ヤマネ。聞いとる!?』

マシンは私の名前を呼んだ。

しかもリンネというあだ名で。その呼び方は、まるで……。

「マドカ……?」

言ってから、くだらないセンチメンタリズムだと思い直す。

マドカは死んだんだ。シチューの具材みたいにプールに放り込まれ、煮込まれて街の養分になっちゃった。

少し、話し方のイントネーションが似ているというだけじゃないか。

『そっか、見てもわかんないよね。失念しとったわ』

マシンは、ところが、右の掌《てのひら》を膝にガンと打ち付けて勝手に納得の仕草をすると、

『とりま、ちょっと匿《かくま》って！』

そう言って、納屋の中へと巨体をねじ込んできた。

のっそりと動く鋼《はがね》のボディ。その抱えたコンテナの角が扉枠にぶつかり、壁をゴリゴリと削り取る。いきなり物損。私、まだ匿うなんて言ってないのに！

納屋には農作業マシンと付け替え式コンバインブレードが置いてあるから、場所なんてない。野良マシンは、床板を割る勢いでコンテナをどかりと置くと、図体の大きさを恥じるように農作業マシンの隣にちょこんと座り込む。

そして緑色のランプが灯る円錐形《えんすいけい》の頭を傾け、腹に響く低音で告げた。

『やっと会えたねリンネ。君のマドカだよ』

高等教育所に進んで一週間も経たないうちに、私は校門前で変なやつらに絡まれた。ギンヤンマの紋章をプリントしたパーカーに袖を通し、色の入ったフェイスシールドで顔を

覆い、圧力銃を提げた若い男女たち。

学生運動の勧誘だった。

学生団体《蜻蛉返り》《サマーソルト》は宇宙船に百八十度の回頭をさせ、地球に蜻蛉《とんぼ》返りすることを目標に掲げる半武装集団だ。

恒星間航行移民船が地球を旅立ったのは、人類が新たな故郷の探索を迫られたからだ。新天地で文明を維持するのに必要な人口確保のために、都市そのものを船内に組み込んだ。計画は完璧に近く、進行もつつがなかった。ただ一つ問題があったとすれば、それは世代間のコンセンサスだった。

どんな目的であったにしろ《決断者》は自分の意志で移民船に搭乗することができた。これは最も幸運なケースだ。次に幸運なケースは、目的意識を共有できた《決断者》の親族。現状に不満があっても、《決断者》とじかに話すことさえできれば、少なくとも、責める相手を得られた。でも最後の《決断者》は、十三年前に死に絶えた。若者には目的を共有する存在も、責めるべき存在も、どちらもいない。

《蜻蛉返り》は、そんな若年者たちの憂いを謳《うた》い、怒りを説いていた。

目ざすは武力による宇宙船の進路変更。

あくびの出るくらい、だいそれた夢だ。

「《決断者》が勝手に決めた移民計画のために、物理や化学ばかり勉強させられるのはおかしいと思わないかい」

ギンヤンマのパーカーを着た《蜻蛉返り》の幹部学生は、私にそう訊《たず》ねた。

齢《よわい》三十前後に見える男のどこが『学生』なのかよくわからなかったが、当時の私には断る勇気なんてなかった。彼らの主張は正しいかもしれないとさえ思いかけたのだ。

「地球に戻れば、文学や芸術が学べる。口減らしのために俺たちを宇宙に放逐した奴らに、一泡吹かせてやりたいと思わないかい」

男は私に詰め寄り、執拗《しつよう》に同意を求めた。きっと、いいカモに見えたんだろう。納得だよ。気弱そうで自己主張のない女だったから。

そんなときだった。

藍色の髪をツインテールに束ねた女の子が間に割って入り、男を牽制《けんせい》した。

「この子は違うよ。見てわからんの？」

ツインテールの女の子はそう言って、逆に男に詰め寄った。

「そこのお前、活動の邪魔だ。集会の自由は保証されている」

「ウチが入ったげるから、帰った帰った」

女の子は男の言葉にはまともに取り合わず、さっさとタブレットに署名して団体ごと追い払ってしまった。

私は改めて女の子に向き合い、その透き通るようなブルーの瞳に見入りながら訊ねた。

「その、よかったの……？　学生団体に入ると、就活とか大変になるって聞くけど」

「マドカだよ」

その女の子は、私の話も全然聞いていなかった。

「君、名前は？」

私がリン・ヤマネと名乗ると、彼女もフルネームを名乗った。マドカ・ウツミ。

彼女はぐいと手を差し出し、こちらがそれに応じないことに焦《じ》れると、私の手を強引に握って、体を引き寄せた。

「じゃあ略してリンネだね。あのさ今から学校サボらん？」

だから、私は一般物理学の初回授業には出ていない。

だから、サボり癖がついたのも、物理が赤点なのも、レトロゲームにハマったのも、全部マドカのせいなんだ。


「本当にマドカなの？」

自分の口から出た質問が滑稽《こっけい》だった。出処不明の野良マシンを、今日葬儀の行なわれたばかりの友達本人だと思うなんて。馬鹿みたいだ。

『そうだよ』

「そんなわけない。マドカは死んだ。私、葬儀に出てきたんだよ」

私は反論していた。

わけのわからない機械の戯言《バグ》に、マドカの死を汚させたくなかった。

『風を切って落ちていくのさ、気持ちよかったよ』

マシンは円錐形の頭をチカチカ点灯させ、虚空を見つめて言った。

『ウチ、ヨルゼンの本部ビルから飛んだんだ。せっかくだから、街で一番高いところからと思って。落ちてる時のことも全部覚えとる。人工重力って高い場所の方が弱くなるじゃん？　最初は雲に浮かんでるみたいだった。でもちゃんと体はさ、落ちてんだね。最後は頭からズドン』

　移民計画の一翼を担うメガ企業・ヨルゼンの本部ビルはドームを支える支柱にもなっていて、高さは四キロに達する。登るのも一苦労。それなのに、よりにもよって、地球《こきょう》の象徴みたいな重力を自殺に使うなんて。

　マドカらしいといえば、マドカらしい。

『でも、場所が悪かったんだよ。落ちた先にはちょうど、ダビング中のマシン《コレ》があった。リンも知ってるでしょ。自律型のマシンを安価に動かす方法』

　言っていることは、理解できる。データ資源の乏しいこの街では、強化学習を施すために高いコストを要する。だからマシンの自律性を高めるために人間のなまの意識を刷り込むということが、現場の判断で行なわれている。

　マドカは、ちょうどスキャナが起動した瞬間に、その範囲内に落下した。

『死の直前のウチの意識が、この重工業マシン《コーン１９９》に複写されたってわけ』

　そして、精密機器であるスキャナを覆っていた低反発皮膜のおかげで、遺体が粉々にならずに済んだ、ということらしかった。円錐形の頭部を右の拳でかつかつと打ち、そのマシン――コーン199――は自嘲っぽく肩をゆする。

「そんな……」

そんな、万に一つの可能性が、どうしてマドカに限って起こったのか。

それ以前に、死んだ友達がマシンになって戻ってきたこの事態を喜ぶべきなのか、それとも悲しむべきなのか――私が悩んでいるうちに、コーン199は続ける。

『で、せっかくこの体も手に入れたことだし、盗んできたんだよね、これ』

コーン199はコンテナを横倒しにした。

ちょうど小ぶりの業務用冷蔵庫と言うのがしっくりくる鉄の箱。コーン199は手を翳《かざ》した。するとコンテナの上端が、冷気を吐き出しながら観音開きに開いていく。

私は、再び絶句した。

収められていたのは、少女の体だった。血の気の失せた唇。閉じられた瞳。ひしゃげた頭部に詰められた、エンバーミング用の形状記憶綿の塊。

バーコードのように、無数の切り込みが入った左腕も、そのままだった。

「マドカ」

紛れもない。マドカだ。

眠っているようにしか見えなくて、私は白玉の頬に手を寄せる。

アイスクリームのように冷たかった。

「でも、じゃあ、あの葬儀は」

私は遺体から視線を逃すようにコーン199を睨《にら》む。

『遺体って《特殊資源》に当たるから、処理の手続きが大変なんだよね。だから順番が前後することもある。顔、見てないんでしょ？』

確かに私はマドカが溶けていくところを直接、見たわけじゃない。

だからって……。

そこで、またしても地響きのような衝撃音が近づいてきた。私は戸口から顔を出す。ホウレンソウ畑を飛び跳ねながら、マシンの二機編隊がこちらに向かって進んできている。ウロボロスの刻印。資源省の取り締まり機だ。

低く身を屈《かが》めるコーン199を一瞥《いちべつ》すると、意を決して外に出る。

一機が納屋から二十メートルのところに着地し、アラートと共に甲高い声を発した。

『今しがた、自律型のマシンを見なかったか。全高は二メートル近く。機体は空色、頭部は円錐形で緑のランプが灯る』

「一体何事なんですか」

私は納屋の前に立ち塞がり、さも驚いたふうを装う。

『被手配物だ。バグが出ていて危険だ』

私は少し間を空けてから、何かを思い出したように頷《うなず》き「あっち」と指をさしてやった。

もちろんデタラメな方角だ。

『この地面のヒビはなんだ？』

マシンが詰問する。

私は今度はすぐに納屋の方を指す。

「農家ですから。マシンの一台や二台持ってますよ」

この返しが、思いの外利いたらしい。資源省は基本的に農家に甘い。農家に厳しく当たれば都市が回らなくなることを熟知している。取り締まり機は納得したように頷くと、私に指さされた方向へ律儀に進み始める。

納屋に戻り、私は訊《き》いた。訊かないわけにはいかなかった。

「何が目的なの？　自分で自分の遺体を盗むなんて」

『ウチ、夢があってさ。宇宙に出てみたかったんだよね。でも死んじゃったから。せめてこの遺体を、街の外に持っていきたいんだ』

そうやって、あなたはいつも私を振り回す。

コーン１９９は——いやマドカは——縦に二つ並んだ輝くつぶらな緑の瞳を、私に向ける。

『手伝ってくれる？』

出会った頃から、ずっとそう。

マドカは、そういうところがずるいんだよ。

＊

これはまだマドカの腕から血が流れたときの話だ。

全然学校に来ず、メールも返さないマドカに宿題のデータを届けるため、教師に遣わされたことがあった。可能な限り電子化された世界で、宿題を入れたマイクロディスクを足を使って届けに行くなんて、いかにもマドカに笑われそうなことだった。

「マドカいる？」

右翼地区にあるマドカのアパートの鍵は開いていた。

返事がなかったから奥まで入っていくと、ソファに仰向けになったマドカが、左腕から血を流していた。汚れないようにビニールシートで覆われたソファ。その端からだらんと落ちた左腕の先には洗面器があって、滴る血が三センチくらい溜まっていた。

「シャケツ」

姿勢を一切変えずにぎょろりと目だけを動かし、マドカが何か私の知らない言葉を吐く。

「血をさ、溜めてんの」

「溜める……？」

「そう。循環をね、断ってんの」

マドカは傷のない右腕をのっそりと上げ、窓際を指し示す。そこには赤黒い血がたっぷりと詰まった瓶が、綺麗に横一列に並べられていた。

マドカの体を巡ることをやめた血液。

循環をやめて、ただそこにあるだけの、あまりもののような命。

「ごめんねキモいとこ見せて」

マドカは起き上がると、慣れた仕草で血を拭き取り、ドライヤーで皮膚を乾かしてから包帯を巻き、ローテーブルに置いてあったカミソリを消毒し私に手渡してきた。

「やる？」

「私は……やらない」

「だよね」

マドカはカミソリをケースに戻すとビニールシートを剝がし、私の腕を引っ張ってソファに座らせた。そして包帯の巻かれた腕で、お腹に抱きついてきた。

私は、何を話せばいいかわからなかった。

そのままじっとりと時間が流れ、部屋の鉄臭さも気にならなくなった頃、マドカが言った。

「ウチさ、親おらんけど、おるんだよね」

マドカは私のお腹に抱きついたまま、『ウミガメのスープ』みたいなことを言った。

「エンジン地区の作業所。ママは病死したから、パパだけ」

作業所というのは、刑務所の意味だ。

街の警察は正義の看板であって、実弾じゃない。この街を事実上統治しているのは資源省の取り締まり部隊。資源浪費に関する罪を犯した人間は、資源省が管理する作業所へと送られる。

そしてこの街において、自らの子に手を上げることは、重大な資源浪費だ。

私だって馬鹿じゃない。マドカの背中にミミズ腫れがあることぐらい、とっくに気づいている。

「なんか落ち着かん。ウチの体が、ウチのものじゃないみたいな気がして」

切るとマシになる？　って、訊ねるべきだった。あるいは両肩を摑《つか》んで、なんでそんなことするのって、叱るべきだった。カミソリを窓からぶん投げるのでも。キツく抱きしめるのでも。きっとなんでもよかった。

私は、何も言わなかったのだ。

「暴力って、懐かしい」

マドカは白い歯を輝かせてそうこぼす。

お腹を抱く腕の力が弱まる。

「パパが出てきたら、また昔みたいに戻るんだろうね」

いつの間にか私は、そんなことを言うマドカの手を握りしめていた。

そして窓から見える露骨に青い空を睨んだ。なんで、この街には天井があるんだろう。なんで、たった九十平方キロメートルの広さしかないんだろう。なんで百年前の人たちは、私たちにここで生きることを押し付けたんだろう。

もしテレポートができたら、マドカを連れてどこへでも翔んでいくっていうのに。

体を離したマドカが、囀《さえず》りのように笑う。

私にはもっとできることがあったと、今思ってもあまりに遅い。

*

「マドカ、待って、ちょっと待ってよ」

『待たないよ』

納屋から飛び出して十五分ほど。街の夜が朧月夜で薄暗いのをいいことに、市街地を大股で進むマドカの背中を追う私。マドカはいつも先に行ってしまう。私は追いかけてばかり。

『《減らし屋》は待ってても会えんから』

《減らし屋》――。

私も、都市伝説としてなら耳にしたことがある。

移民計画を実行に移したヨルゼンの関係者でありながら、企業のやり方に反発する人間で、都市の《ほころび》を知っているとか。《ほころび》は宇宙船のエアロックとも考えられるし、何らかのシステムのバックドアのことかもしれないが、とにかく、頼めば船内にあるものを宇宙へと放り出して、船の重さを《減らし》てくれるという人物のことだ。けれど、所詮は都市伝説だ。そんな宝の地図みたいな情報だけを頼りに、マドカは鉄の図体のまま、出鱈目《でたらめ》に街を歩き回っている。

「その《減らし屋》って人、実在するの？　どこにいるの？　本当に無償でやってくれるの？　マドカ、なんであなたはいつもそう勝手に行動するの」

マドカと今話ができていて、それはマドカの死を受け入れることより遥かにずっとマシなはずなのに。なぜだろうか。私は憤っていた。死んでもなお台風みたいな振る舞いしかできないマドカに、無性に腹が立っていた。

「待ってよ」

『いいよもう。ウチ一人でやる。リンネも忙しいなら手伝うって言わなきゃいいのに』

「このままじゃ資源省に見つかるって言ってるの。マドカ、焦ってる？」

マドカはやっと移動をやめ、円錐形の首をキュルリとこちらに回す。緑色のランプが、弱々しく明滅していた。

私は急にしおらしくなったマドカを路地裏に引き込んで、フォンの地図機能を呼び出した。

赤いピンが打たれている現在地。移民船の進行方向側にある船首地区という場所だ。後方には右翼地区と左翼地区が続き、さらにエンジン地区、尾翼地区の順に連なる。後方へ進めば進むほど二次産業が栄えてくる。

「《減らし屋》が本当にヨルゼンの人間で、船外への抜け穴を知っているなら、きっと核廃棄物がいっぱい出る尾翼地区にいるはず」

私はマドカに地図を突きつける。

もちろん確証なんてないけれど、出鱈目に歩き回るよりは何億倍もいい。

『でもどうやって移動すんの？　ウチ、ちょっと目立つよ』

図体の大きさを恥じるようにマドカが告げる。

私は地図のレイヤーを切り替え、地下を表示した。

「気流調整管を使うの」

街の地下に縦横無尽に張り巡らされた巨大なダクトは、本来地球が自転することで発生していた大気循環を人為的に起こすために作られたものだ。巨大なマンホールのような吸気孔が空気を喰らうことで低気圧を作り出し、雨雲を生み出して水蒸気の循環を促す。その際、抜き取られた空気は調整管を伝って各方面へと分散される。

ここまでは初等教育でいやっていうほど教えられる「まちのかがく」。

ポイントはここからだ。

この調整管は上下水道と同系列で、循環省《ミニストリー・オブ・サイクル》の管轄下にある。そして農家には灌《かん》漑《がい》を十全に取り仕切るために、循環省から、それら全てに関するアクセス権限が与えられているのである。

「来て」

納屋の近くまで戻ると、トウモロコシ畑で母が懐中電灯片手に私の名を呼んでいた。もう一つ光があるので、父も捜索に加わったらしい。

そんなに必死に名前を呼ぶのは、私を愛しているからだろうか。それとも、子を失踪させた罪で訴追されたくないからだろうか。

いや……本当はわかってる。母はなんにも悪くない。そして私も、母の気持ちを想像できないわけじゃない。

『リンネ。やっぱり戻る?』

コンテナを背負って身を低く屈め、四足歩行で這うようにして進むマドカが、ちょっと不安げに訊ねる。

四足歩行って、完全にバケモノじゃん。

でも私はもう、これがマドカかどうかなんていう議論は、とっくにやめている。

「あなたを一人にできない。できるわけないでしょ」

私はマドカを納屋からほど近いバラックへと先導した。

納屋より小さな入り口の扉枠は、マドカの今の肩幅では到底通れそうになかったが、私はこの古びたバラックの入り口がどうなろうと構わなかった。埃《ほこり》っぽい十二畳ほどの室内にマドカの体を無理やりねじ込み、床が軋《きし》む。

私は床に敷き詰められたベニヤ板をべりべりと外した。

すると地下へ通ずる円形のハッチが現れる。

直径が二・五メートルほどのこの中型のハッチは、サステナート314が設計された時点からここにあったという。農園にハッチを敷設したのではなく、農園をこのハッチの周囲に作ったのだ。

ばねの力を使って簡単に開いたハッチの先には深い闇が広がっていて、ぬるい風が噴き出してきた。

下りるための梯子《はしご》があったが、先行するマドカはコンテナを抱き枕のように抱えたままぴょんと飛んで、両肩をガンガンぶつけながら、自由落下していった。でも別に……驚かない。飛び降りで死んだくせに、そういうことを平気でするのがマドカだ。私は、あなたが思うよりあなたのことを知っている。

二十メートルほど下方から重々しい着地音が聞こえてくると、次に、眩《まばゆ》い光が闇を切り裂く。マドカがライトを点灯させたのだ。

『いいよぉ〜!』

梯子を伝って私も下りていく。地面に足をつけると、一層の静けさが体を包む。幅が五メートル、高さも五メートルほどの地下通路だった。

マドカが我先にと踏み出す。

私はその大きな足音とライトを頼りに、彼女の背を追う。

マドカ。あなたが焦ってるのだって、実はわかってる。だってマシンの意識は複写後百時間ぐらいで、自動的に消えちゃうんだから。

＊

かれこれ二時間ほど、私たちは通路を歩いていた。あっちはマシンだけど、私は生身だ。当然疲れてもくる。遺体を詰めたコンテナには動力と車輪が備わっていて、リードを出すことでトレーラーのように牽《ひ》くことができた。マドカは「コンテナに乗ってく？」と言ったけど、棺《ひつぎ》に馬乗りになるなんて、流石《さすが》にそれはだめだよ。

それから、不思議なことに気づいた。地上にいるときは足元を伝ってきていた核融合エンジンの微振動を、今は天井側から感じるのである。当然だけど、この上には二十メートルの土の層がある。そのはずだ。エンジンは土壌層よりもっと深い位置にあるはずなのに。

けれどそんな違和感も、口に出すことはなかった。

それどころかこの二時間近く、私はほとんど口をきかなかった。

『ね〜、なんで黙ってんの。せっかくだしさ。もっと喋《しゃべ》ろ』

沈黙を裂いたのはマドカだった。マシンの合成音が反響して、耳にギンギンと響く。

マドカが焦っているのと同じくらい、私も焦っていた。もう、これを逃したら伝える機会はない。だからこそ……言い出せなかった。

『わかった。ウチが死んで寂しいんでしょ』

それは。その無邪気さは。私が必死に保っていたものを、いとも容易《たやす》く崩した。

「私がなんで黙ってるかくらい、自分で考えたらどう」

棘《とげ》を吐いている自覚があった。それは、私の心を堰《せ》き止めていた棘だ。

やっと、麻痺《まひ》していた心に痛覚が戻った。マドカが死んでしまった悲しさと、今こうして話せている嬉しさがないまぜになって、流れ出す。

震える足で進むことをやめて、マドカを睨んだ。

『ウチがなんで死んだか、訊きたい、とか……？』

「違う！」

私の声もまた、思ったより響いた。

マドカが、胸部のレンズのピントを合わせた。

「なんで死んだかなんて、聞いたって意味ないじゃん。それを聞いても、あなたは戻らないじゃん。生き返んないじゃん！」

それは私がマドカに初めて放った怒鳴り声だった。

頭部のランプを明滅させるマドカ。私はそんな彼女に詰め寄り、

「なんで何も言ってくれなかったの？　なんで頼ろうとしてくれなかったの？　一緒にサボろうって言ったくせに」

言葉は、連鎖的な崩壊の最中にあった。気づいた時にはもうとっくに手遅れで、言うべきじゃないことも口から滑り落ちていた。

「死ぬなら死ぬって言えよ！　最悪！　やっぱり友達じゃなかったんだね！」

『リンネ』

ああ、なんで私。

こんなになるまで溜めてたんだろう。なんでこの、ねじれるほどに育った寂しさの一片さえ、マドカが生きていた頃に表明してやれなかったんだろう。

なんでただ一言、生きていてほしいって、言えなかったんだろう。

視界はぼやけ、私はマシンの脚にもたれかかった。ひんやりした鉄の装甲が、頰から熱を奪っていく。マドカは——コーン199は——コンテナを牽いていない方の手を私の背にあてがい、不器用に上下させる。

『ごめん、リンネ』

マシンの低音が唸《うな》った。

『ウチ、自分がずるいって知ってる』

マドカが、そう告げた。その直後だった。

衝突音が、はるか後方の闇から響いた。鉄の足と地面がぶつかる音と、脚部サスペンションの発するクッション音。今はちょうど右翼地区の端だろうか。私たちとは別のハッチを通って、マシンが地下に降りてきたのだ。

「足音……二つ分。これって、まさか」

農地に訪れた、取り締まり部隊も二機だった。どうしてばれたかは知らないが、追いつかれたと考えるのが妥当。しかも見つからないように地下に潜ったのが裏目に出た。のっぺりとした地下道には、隠れる場所なんてどこにもない。

考えているうちにも、足音は大きくなる。

呆然とする私に向け、マドカが落ち着いた口調で言う。

『覚えてる？　教育所でさ、職員室から中間テストのデータ円盤盗んで、フリスビーにして遊んだ時のこと』

なんで今、そんなことを言う？

記憶の連続性の話なら、もう私はとっくにマドカをマドカだって認めてる。今更マシンだなんて思ってない。

『ウチがディフェンスで、リンネがオフェンスだよ』

言いながらマドカはコンテナのリードロープを私に渡し、自走モードを起動した。これで内部電源が尽きるまで、コンテナはリードを牽くものの動きに追従して移動し続ける。

「待って、まだダメだよ、こんな――」

『ウチをよろしくね』

言い終わるが早いか、マドカは踵《きびす》を返して走り出していた。走れるなら、最初から私を乗せてってくれたらよかったのに。それとも、なんだよ。目的地に早く着いちゃうのが、嫌だったとでも言うわけ？

コーン１９９の前方に、マシンが二機現れる。ウロボロスの刻印。間違いない、資源省の取り締まり機だ。

コーン199は走りながら、右腕に格納された土木作業用の釘打ち機を展開する。

資源省のマシンが、緑だった瞳のランプを赤に変える。

なんでだよ。くそ。

いっつも、本当にいつだってそうだ。

あなたは私の意見なんか聞かずに先に行く。私のことなんて一つも考えてない。

私は闇に立ち向かうために、フォンの明かりを灯す。鋼と鋼がぶつかり合う音が、私の背を押す。やっと走り始める。リードを牽くと、コンテナも甲斐甲斐《かいがい》しく私の後ろを追いかけてくる。モーターの駆動音。鼻先に感じるぬるい空気の圧。

思い出す、二つのマドカの声。生の声と、マシンの声。背後で、今度は爆発じみた音が鳴った。熱風が背を舐《な》めた。

光が瞬《またた》く。

その皮肉なくらい明るい光が、フォンの明かりなんかよりずっと確かに闇を照らした。

鋼がぶつかり合う音が聞こえなくなっても、私は走り続けた。

友達の棺を牽きながら、息が切れるまで走り続けた。

そしてついに——尾翼地区に進入したことを示す蛍光性の表示を、壁沿いに発見した。

＊

そこには入ってきたときと同じような梯子があって、長い縦穴を首が痛くなるまで見上げた。背後から追ってくる足音はない。待っていれば今にも彼女がひょっこり顔を出すような気がして、来た道を戻りたくなるけれど、その選択は間違いだと頭ではわかっている。

マドカは、もういない。

残り香さえ消え去って、あるのは私の牽くこのコンテナに収まった抜け殻だけ。

──せめてこの遺体を、街の外に持っていきたいんだ。

けれど、マドカは最後に私に頼みごとをした。これまで全然頼ってくれなかったあなたが、最後に遺したものだ。

私たちがこれまでずっと友達で、今もまだ友達だってあなたが言ってくれたなら……きっと、泣くのは今じゃない。

私はリードを腰に繋《つな》ぎ直し、フォンの光で位置を確認してから、梯子に手をかける。手触りから錆《さ》びているとわかった。フォンを持ったまま梯子を掴むことはできないから、完全な闇の中を登っていかなくてはならない。

一段ずつ、慎重に。

私が一段分登るたびに、リードも少しずつ伸びていく。もう十メートルは登ったろうか。それともまだ五メートルか。当然私には、マドカを背負いながらこの梯子を登り切る筋力はない。リードの長さが足りなくなれば、それで終わりだ。

ギィ、と頭上で不気味な音が鳴る。

もちろん、錆びた梯子が今このタイミングで崩れても終わりだ。

不安から目を逸《そ》らし、無心に登ると、突如、ごつんと頭に衝撃が走った。ハッチだった。重い鉄製の蓋を背中を使って押し上げると、青い光が差し込んだ。人工太陽が左翼地区側の壁面から昇りかけていた。

地上に這い出る。そこは――狭い路地裏だった。私はリードの先端を清掃ドローンの充電スタンドに巻きつけ、闇に伸びるリードを二度ほど引く。自走式コンテナは二十メートル下方でしばし立ち往生したのち私の意図を汲《く》んで、ウインチを回してリードを巻き取り始めた。ゆっくりと闇を登ってくる、鉄の塊。コンテナの車輪が地上に出たことを確認すると、私は改めて周囲を見回した。

ロココ調のドレスを纏《まと》った女児姿の球体関節人形が二機、壁に体を添わせていた。一体は両足を失い、一体は頭部にひどい陥没があった。なんだかそれがマドカみたいで目を逸らす。

アンドロイドにも見えるし、ただの愛玩人形にも見えるそれらは、ここに、投棄されている……のだろうか？

　人形だけではない。そこかしこに廃棄物が散乱している。こんなことは船首地区ではあり得ない。やっぱり尾翼地区は、資源省の監視が行き届いていないのだ。

　どんな場所であれ街が興《おこ》れば、遠心分離機にかけられたみたいに治安の良し悪《あ》しは分離する。ことサステナート314の場合、実力を有する資源省がどこに拠点を置くかによってそれは決定された。船首地区には一次産業が根付いている。そのため資源省は進行方向側の地区に拠点を構えた。

　私はリードを握り、通りに出る。

　巨大なアーケードが人工太陽の光を遮断しており、早朝のはずなのに夜がずっと続いているかのようだった。意味もなく焚かれた電飾と、煮凝《にこご》った活気。そこらじゅうから漂ってきて鼻腔を侵す、香のような匂いの微粒子。私は違和感を必死に堪《こら》えながら街ゆく人々を呼び止め、《減らし屋》について訊いて回った。
　二、三人に訊いても取り合ってもらえず、五、六人と続けて追い払われながら、七人目。
「減らし屋？」

　やっと意思の疎通が叶った。それだけでびっくりするくらいに嬉しかった。

　ちぢれた白髪を垂らす老齢の男は、ピアスの入った眉をボリボリと掻《か》くと、

「聞かない名だね。それは本当にここらにいるのかい」

「船首地区では噂になってます」

「噂は噂なんじゃないのかね」

老人はしばらく、私の頭の上から足先までをじろじろ眺めると、思い出したように言った。

「情報屋が知っているかもしれん。ついてきなさい」

そう言って、老人は電飾の煌めく通りを歩き始めた。

湿った舗装を老人の曲がった背について歩いていくと、突如足元を小さな影が駆け抜けていった。人間の歩行速度と同等か、それ以上。私があまりに素早いそれを目で追おうと努力していると、今度は大群が道幅いっぱいを埋めた。

「わっ」

それらは、虫だった。

虫は農家には身近な存在で、益虫と害虫を適切に扱い分けることが重要な仕事だった。けれどこんな大量の虫が街中に発生するなんて光景は、見たことがない。

「可愛いだろう」

「……そうですね」

全くそんなことは思わないが、肯定しておく。頼み事を聞いてもらっているのだから。

「こいつらは、街中のゴミを食べて育つ。それがフェロモンで一箇所に集められ、ミキサーで砕かれ、唐揚げにされて屋台で売られるのさ。尾翼地区にも循環はある。船首地区のそれとは別モノかもしれないがね」

確かに老人の言う通り、この街にはこの街の循環の理が、あるいは代謝のようなものがあるように思えた。日当たりの悪い路地を照らす電飾は、どう考えても過剰に思えるが、それはこの街の人々にとって、私が思うよりもずっと重要なことなのかもしれない。

老人が店の前で立ち止まる。香辛料の匂いを漂わせる、肉料理屋のようだった。扉をくぐると、私はしばし立ち尽くした。

そこには、生きた牛がいた。

そもそも生きた牛というのは大量のメタンを放出するために、資源省の完全閉鎖型牧場でのみ管理されうる代物だったが、それはどう見ても剝き出しの牛だった。でも、剝き出しなのは皮膚だけではなかった。肉と骨もまた剝き出しだった。

前半身をベルトで天井から吊られた牛が、後ろ半身を解体されていた。

され続けていた。

「増肉獣さ」

老人が言った。どこか、ドラッグを知らない子供の前でドラッグを吸って見せるような、わるびれた印象があった。

「これ……生きてるの……?」

「ああ。残飯でもなんでも食わせておけば勝手に治る。だから、何度でも肉が取れる」

牛の皮膚にはハリがあり、天井に向けて開け放たれた口から、時折湯気を漏らしている。麻酔を打たれているからか、瞳はとろんとしていて、苦痛に身震いすることもない。

しかしそれがまた、不気味さを加速させている。

私の狼狽《ろうばい》を確認すると、老人は満足げに微笑《ほほえ》んだ。ああ、そうだろう、こんな醜悪なものは、そっちにはないだろう。――そう言われているようだった。

「こんなもの、でも、どうやって！」

老人は肩をすくめた。

「さあ。わしの父の、そのまた父の代からここにあるからねえ。そんなことよりだ。お嬢ちゃん、サークルが欲しくないかい」

老人が、笑顔を作る。待ってくれ。情報屋は？　減らし屋は……？　いや、それ以前に。その問いは、何かまずい。

私は警戒を悟られないよう、男から一歩退いた。

が、私の足の動きを検知したコンテナが大袈裟《おおげさ》に後退を始めてしまい、男はとっさに私が退いたぶんの距離を詰めてきた。

「あんたの暮らす地区じゃどうか知らんが、こっちでは人形が人気でね。外見はリサイクルできるが、中身はそうもいかん。仕草や癖が違ってこその一点もの。そこで、あんたの意識をダビングさせてくれんか」

そうか。私の心に納得が降りる。こいつは《人形売り》だ！

人の意識を刷り込んだ一点ものの愛玩人形を販売する輩《やから》が、尾翼方面にはいると、聞いたことがある。

人に詰め寄られるのは、これで何度目だろう。マドカが止めに入っていなければ、私はノコノコと学生運動に参加していたのだろうか。今だって、どこかでマドカを待ってる自分がいる。

甘えるな。

私はリードを握りしめ、マドカのどうしようもない不在を確認する。これまでずっと引っ張られてきた。でも今は、私がマドカの体を牽いている。

「い、嫌です」

言った。言ってやった！

だけど、本当に拒絶すべきだったんだろうか。老人の表情が、少し曇る。私には何の力もない。悲しいかなこの閉ざされた都市に、自衛に使える武器は何一つ出回っていない。

「なぜ？」老人が低い声を発した。「あんたの今抱えてる心は、育てば失われちまうもんだ。そんなのは、もったいないだろう」

「とにかく、嫌なものは嫌なの。それに意識のダビングなんて、数日しか保たないでしょ。そんなことして意味があるんですか」

「ダビングをダビングするからね」

路地裏に捨て置かれた人形のうつろな眼孔が頭に浮かんだ。

ダビングのダビングは違法行為だが、法にもとる以上に、それは、ひどい話だ。

ダビングされた意識だって、意識なのだ。最初に複製された意識は、被複製者が同意しているからまだいい。けれどもしダビングのダビングが成立してしまうと、二次的な意識に宿る人権は完全に無視されることになる。囚《とら》われの意識が、永遠に誰かの慰みものとして消費され続ける。

老人が骨張った手をぐいと伸ばし、私の肩を摑んだ。

「わざわざこんなところまで来て何を拒む。これも持続の一つさ」

それは持続に違いない。

恐るべき、魂の苦痛の持続だ。

「嫌だ、離してください。離して！」

私は体を捩《よじ》って男の手を振り払おうとした。けれど私と大差のない太さの萎びた腕だと言うのに、そこには埋めようのない力の差があった。これがマドカが父親から向けられてきた、力の大きさだということか――。

こんな、理不尽が。

「やめとけよ」

制止の声がどこからともなく聞こえた。

老人の爛々《らんらん》とした目がぎょろりと動いて声の主を捉える。

決して若くはないが、老いてもいない、背の高い男が、店の外に立っていた。煤《すす》のついたコートを羽織っていて、マフラーで口元を隠している。

「その子の身なりは、まともな親がいなきゃ着られないものばかりだ。通報されるぞ。資源省に介入する口実をプレゼントしたいのか？」

その忠告は、まるで虫の群れに放つ松明《たいまつ》のように、老人の目を怯《おび》えさせた。

「そ、そうだよな。資源省……それは困っちまうな」

老人は厄介者を見るような目で私を凝視すると、悔しそうな顔をして去っていく。

男もまた、ここでは何も起こらなかったという顔をし、背を向けた。

「あの！　《減らし屋》という人を知りませんか」

「………」

初めは振り返ろうとさえしなかった。けれど私はしつこく訊き続けた。

だって、この人は今、助けてくれた。だから私の話を無視してきた人たちとは、少なくとも、違う。

何度目かの問いかけで男は私に向き直ると、コンテナに視線を落として言った。

「そのコンテナの中身はなんだ」

「それは……言えません」

私は男の視線に割り込んで、コンテナの前に立ち塞がる。

「あなたが信用できると、わかるまで」

このコンテナは、私の全て。奪われるということだけは、絶対に避けねばならない。

「賢明だ。賢明なくせに、こんなところまで来てしまったんだな」

男は苛立《いらだ》つこともなく、私の身なりをじっと見た。

品定めするような視線だったが、それは、こちらを侵害しようとする人間のそれとは違った。

「あんたを《減らし屋》のもとに連れて行ってもいい」

男はそう言うと、ただ、と前置きをした。

「ただ、あんたは知りたくないことを知るだろう。目的は果たせたとしても、その後の人生が辛くなるってこともありえる」

＊

「トォラスだ。トォラス・ロンジチュード」

ハンドルを握りながら、男が告げる。私もまた名乗るとトォラスは、いい名前だな、とポツリと呟《つぶや》いた。

トォラスは、街の人間にしては珍しく自家用車を持っていた。ドアが左右と後ろで合計三つある、小ぶりな車。車道のほとんどは中枢組織によって占有されているため、車両に乗るのは貧血で倒れて救急車で運ばれたとき以来だ。

「サークルはどれくらい必要ですか」

もう助手席に座ってしまっているので手遅れかもしれなかったが、恐る恐る訊ねた。するとトォラスは、

「さあな。コンテナの中身が何かにもよる」

私は、荷室に詰め込まれたコンテナのことを想った。コンテナには保冷機能があり、腐敗の心配はない。だがそもそも、《減らし屋》は宇宙葬を請け負ってくれるのだろうか。

「なぜ《減らし屋》を探していた？」

「それは——」

私は少し時間を取って考えた。トォラスは運転に集中しているためか、それとも思慮深さのためか、急《せ》かしてはこなかった。はなから私を害する気はないのだとわかっていたが、それでも、その距離感がありがたかった。

「大切な友達との約束のためです」

やっと言葉を結ぶと、腹部に衝撃が走った。胃の中が突然真空になってしまったかのような、暴力的な空腹だった。

安堵《あんど》が、私の欲求を、忘却の彼方から連れ戻したのだった。

私がお腹を押さえて背中を丸めていると、トォラスはハンドルから離した左手で、私の膝の前にある備え付けの棚のような部分を開け、

「中に、ジャーキーと胃薬が入ってる」

彼が言ったそばから、私はジャーキーを袋から掴み取り、口に運ぼうとした。しかしすんでのところで理性が働き、トォラスの横顔を凝視した。

「許可なんてとるな。いいと言ってるんだ」

私はジャーキーにむしゃぶりつき、その歯応えと塩気に悶《もだ》えた。ずっと麻痺させてきた欲求が、限界を超えて私に命じている。食え。飢えに対抗しろ。生きろ、と――。

しかし、考えてしまった。この肉が、このタンパク質が、どこから来たものなのかを。

祖父だったかもしれない窒素分子が、私の胃袋を出鱈目にかき混ぜる。

吐き気が、洪水のように、喉を迫り上がってくる。

「いつから食えなかったんだ」

私は吐き気を気力で抑え込み、ゆっくりと言葉を紡いだ。

「祖父が、死んで、儀式を見てから。それに、友達が――」

友達が、死んだから。

トォラスは何も訊かずに、進行方向を向いたまま、開けっぱなしになった棚を弄《いじ》って、銀色のピルケースを取り出した。

「ミントだ。胃液の逆流を抑えてくれる」

スッとした匂いの青い粒を二つほど飲み込むと、吐き気が嘘のように引いていく。

私は呆気《あっけ》に取られながら訊ねた。

「なんで、こんなものを」

「俺もそうなったからだ。命の匂いに溺れかけた」

トォラスが目尻を少し釣り上げる。私のようになった人間が、他にもいたのか……。その安堵が、一層食欲を掻き立てる。ジャーキーの袋はすぐに空になった。

窓の外の景色が変わり始める。コンビナートのジャングルの灰色から、木々の緑へ。どの地区も土地面積の二十二パーセントを酸素源に割くよう義務付けられているが、農園の他には街路樹しかない船首地区と違って、群生する植物がどこか奇妙だった。

ただ、そこにあるだけの緑。

食べられるために存在するわけではない、景観としての生命。

それはちょっとだけ、綺麗に思えた。

しばらく木々のカーテンが視界を塞いでいたが、ある瞬間に一挙に景色が開ける、空へと続く無限に思える壁と、巨大な水溜まりが目に飛び込んできた。

「ここは」

「尾翼湖《びよくこ》だ」

トォラスが言った。

「地下に核融合施設を備える人工湖。いや、人工なのは当たり前なんだけどな。万が一メルトダウンが起こった際、冷却水に転用できる構造を取った」

という設定になっている、と男は付け加える。

車が水辺に停車すると、トォラスがコンテナを運び出してくれた。

目の前には、土の斜面があった。まるで道具箱の隅に溜まった砂のように、ドームの湾曲した壁面にもたれかかる形で小高い山が出来上がっていた。

サステナート３１４はドームで隔離された宇宙都市だ。当然、端に行けば限界点がある。

だがこうもまじまじと見上げたのは初めてだった。

首が痛くなるというレベルではない。

空が、頭上に倒れかかってきている。そんな印象だ。

私はリードを牽き、トォラスの背を追って山の麓にあるコンクリートでできた入り口をくぐった。

無機質な室内にはエレベーターらしきものが見える。それ以外には何もなかった。

手袋を外し、エレベーターの電源ボタンを押してトォラスは言った。

「《減らし屋》は俺だ」

言っている意味が、わからなかった。

「待って。あなたが、《減らし屋》……？」

「そう呼ばれることもある、という話だ」

「嘘をついたの……？」

安堵がスッと引き、体を警戒心が覆った。同時に、私は自分の馬鹿さ加減を恥じた。

なぜ見知らぬ男の言うことを、無条件に信じてしまったのか。

しかし男は眉根を寄せ心外そうに返した。

「それはあんたが、中身のわからんでかい荷物を運んでいたからだ。その中身が、資源省の監査ドローンの可能性だってあった。だが……さっき触れたとき、観音開きのコンテナ上部は異様に冷たく、下部は熱を持っていた。つまりそれは、運搬式冷却棺だ」

リードの先につながる自走式のコンテナ。確かにこの大きさであれば、何が入っているか見た目だけでは全く想像がつかない。

「お前はここに遺体を運んできた。そんなことをする目的は一つしかない」

もう、いいよね。

私は心の中でマドカに確認を取ると、トォラスを視界の中心に見据える。

「友達が、死んだんです。それで、友達の遺言で」

「察しはつく」

見据えられていたのは私の方だった。

トォラスは低い声で告げた。

「心の準備をしておいてくれ」

*

エレベーターが動き出してすぐ、私は違和感に気づいた。体が軽くならない。重くなっている。体が、下方へと引っ張られている。つまりこのエレベーターは地下へと降りているのではなく、昇っている。

「『ほころび』は地下にあるんじゃないんですか？」

「俺は噂がどういうものかを知らない。だがここへ来た者には、真実を話すことにしている。それが《エラーマン》である俺の使命だからな」

体にかかる荷重は減らない。窓も何もない鉄の箱は、今もなお上昇を続けている。

「エラーマン？」

トォラスがこちらを横目に捉える。

「あんたこの街の現在位置を知っているか」

「位置？　宇宙空間のってことですか？」

サステナート３１４は、恒星間航行移民船の内部に造られた都市。移民船が光速の五十五パーセントの速度で地球を翔び立ったのは、百六年前。燃料推進の場合、移民船が現在速度に達するまでの時間をおよそ三ヶ月と仮定すると……。

「今、あんたは計算を始めたな」

頷きはしたものの、トォラスが突然揚げ足を取り始めたことの理由がわからなかった。だけどそれは、根源的な恐怖に対するある種の防衛機制だったのかもしれない。

地雷を踏まないための、嗅覚のような。

「なぜわざわざ計算を？　大切なことではある。だけどあんたは、事実として、現時点での目的地までの距離を、知らされていない。それが移民船のクルーである我々には最も重要な情報であるはずなのに。誰もそれを話題にしない」

ふと、恐ろしい考えが頭をよぎる。エレベーターは、上昇し続ける。ドームは曲面なのだから、もうすでにドームの外に出ていてもおかしくないのではないか——。

トォラスの暗い瞳が、私を射抜いた。

「サステナート314は宇宙船じゃない。移民計画は、まだ始まっていない」

宇宙船じゃ、ない……？

何かの比喩《ひゆ》だ。そうに違いない。あい変わらず楽観的な思考に支配されている私の意識に、トォラスの申し訳なさそうな表情がカットインした。

「サステナート314はアラスカという地域の地下に造られた、四百ある完全閉鎖地下都市の一基だ。恒星間移民計画を事業委託されたヨルゼン・コンストラクトは三百年の工期を含む、超長期計画を打ち出した。そして工期の頭二百年を、完全閉鎖環境における集団の行動観測に当てた。どのような社会モデルが一番持続性が高いかを測るためにな」

じゃあ、何か。

この街は他にも同じものが三百九十九基もあって、それら全部が丸ごと実験場だということか？　しかも私たちじゃない誰かを、生かすための……？

そんなことって。

「二百年なんて、そんなの長すぎる。馬鹿げてる！」

「航行期間は千年だ」

私の反論を、トォラスの返答が容易く砕いた。

「搭乗人口も、七億人を数える。その船が、人類を乗せる最初にして最後の船になる。どうしても必要なんだよ。社会モデルのデータが」

「なんで……そんな計画を……」

「百五十年ほど前のことだ。ハワイの重力観測鏡が、太陽系に向かって接近する彗星を観測した。直径は百七十七キロに達する。恐竜絶滅時の十五倍以上の大きさだ。それが、四百年後に地球と衝突する。人類にそんな巨大な天体に対処する手段はない」

四世紀後――現在から数えれば二百五十年後――に突きつけられた終末。それを避けるためだったら、二億人を地下都市に閉じ込めることも厭わない。

だけど、人は、そうまでして持続しなければならないのだろうか。

「なぜあなただけがそんなことを知っているの。あなたは一体……何！」

私はやり場のない怒りの矛先を、目の前の男へと向けていた。

でも、しょうがないでしょ。

だって、しょうがないよ、こんなの。

トォラスはしかし、そんな私の反応を見越していたのか、落ち着いた調子で返した。

「父も、その父も、ヨルゼンの忠実な社員だった。そして俺もまた、街の内情を外に伝える、通信技師だった。だが……俺は《エラーマン》《エラーマン》に選ばれた。実際の航行において、イレギュラーの発生は避けられない。俺は人の形をした異常として、不測の事態を引き起こすことで、社会モデルデータの情報強度を底上げする責務を負った」

がくん、と箱が揺れる。

ようやく天井に着いたらしい。一体どれだけ昇ったというのだろう。

いや、そんなのはわかりきっている。

四キロだ。

トォラスの話が正しいならば、辿《たど》り着いたのは地表付近。

扉が開き露《あら》わになったのは、非常灯だけが照らす暗い部屋だった。トォラスは壁伝いに手を這わせ、スイッチを押す。細長い白熱灯が、チリチリと音を発しながら異様に白い光を発する。

窓のないその部屋にはダストシュートのような穴があり、壁際に設けられたデスクにはいくつものモニターが併設され、むき出しのコンソールは埃をかぶっている。

どこにも、出入り口らしきものは見当たらない。

「外に出るための場所じゃないんでしょ」

私は訊いた。

トォラスは、一度目を逸らし、再び私に戻すと、ゆっくりと首を縦に振った。

「この街には出入り口はないよ。この部屋は地上に存在するが、その周囲もまた分厚い隔壁で覆われている。都市内にあるすべての火薬をかき集めても、この部屋の壁は破れない」

「あなたでさえ、出られないっていうの？」

「六世代にわたる終身契約社員なんだ、俺の一族は」

私はリードを握りしめる。この細いケーブルがあるから、まだ世界と繋がっていられる気がした。宇宙に行きたいと言っていたマドカの晴れやかな笑顔。ごめん。あなたの夢は、もう叶えられない。

「……どうして話してくれたんですか。《エラーマン》だからって、不測の事態を起こす方法は、真実を暴露することだけじゃなかったはずです」

「街を愛してるからだ」

トォラスは沈黙するモニターに手を触れ、埃を払った。

それは、私の想像にない答えだった。

「何のために生まれたか、なぜここにいるのかは、重要じゃない。俺は共に生きるしかないこの街を、故郷にしたいんだ。だから知るべき人には、この街の本当の姿を、知っていてほしい」

トォラスはそう言い、モニターの電源パネルをタップした。ウロボロスのマークが灯り、四つのモニターが明るさを取り戻す。

そこに映し出されていたのは、真昼の荒野の映像だった。音声はないが、枯れ枝の震えから察するに、相当風が強いらしい。旋風が砂を舞い上げ、小さな竜巻のようになって見える。得体の知れない車輪のような植物が、ゴロゴロと転がって横切るのが見えた。

もう、宇宙葬はできない。

でもマドカの願いは、できる限り聞き届けてやりたい。

私がモニターを見つめていると、トォラスが言った。

「俺は通信技師だ。だが、サステナート型の地下都市は全て、電磁波を完全に遮断するドームに覆われている」

私ははっとして、部屋を見渡した。壁に開いたダストシュートのような穴。その穴からは何か、別の世界との繋がりを想わせるくぐもった音が漏れている。

「これが、搬出口なんですね」

「一方通行のな。あんたの言葉で言えば『ほころび』。都市の観測記録と、家畜十二品目をエンバーミングし、同梱して五年ごとに送り出す。外から入ってくる情報は搬出口から漏れ出すかすかな風と、モニターに映る搬出口から半径十メートルの映像だけ。通信というにはあまりに一方的すぎるな」

トォラスが、皮肉っぽく笑う。

でも、そうか。私はここに来て、間違いじゃなかったんだ。

私はコンテナを開放し、親友《あなた》の遺体を起こした。トォラスが、それが友達か、と訊く。

私は頷き、しばしそのアイスクリームのように冷たい手を握る。

私を振り回すだけ振り回し、最後まで一人で突っ走っていった女。

私を一人置いていった、ひどい女。

「それにしても、本当にもう。大変だったんだからね。ここまで来るの」

湧き上がる涙を抑え込むために、私はトォラスを会話に巻き込んだ。

「まったくなんでこの子は、こうまでして宇宙葬にこだわったんでしょうね！」

「他人でいるため」

意外なほど、はっきりとした答えが返ってくる。

私は口元をマフラーに隠すトォラスの顔を見上げる。

「あんたのことが好きで、だから、あんたの一部になりたくなかったのかもな」

正しく生きた人の死は、次に来る命の歓迎。街の輪廻《りんね》はたえず人を巻き込み続け、持続する。それが持続の理を信奉し、電子貨幣《円》を通貨として用いるここサステナート314の、下水みたいに異臭を放つ普遍の倫理だ。

私は知らん顔で訊ねる。

「普通、魂とか心は一つになって生き続けるって言うものじゃないんですかね」

「一つになったら友達じゃいられないだろ」

そうか。

やっぱりあなたは卑怯《ひきょう》だ。だってあなたは、自分は死にたくて、私には生きてほしかったんだから。

しかも、それがフェアじゃないって、あなた、わかってた。

「ずっる」

そう口に出し、私はあなたの体を抱き起こす。トォラスも足のほうを持って手伝ってくれた。二人してカニ歩きになって、冷気を放つあなたの遺体を運んでいく。

搬出口に投下した。

がらん、がらん、ごろん、と音を出して、あなたは滑っていった。


「ねえリンネ」

「どしたのマドカ」

「高等教育所出たらさ、一緒に住まん？」

「えっ、いいけど。どこで」

「尾翼地区とか。安そうだし」

「え〜。治安悪そうじゃない？」

「確かに……刺されたら困るかも。刺されたら死んじゃうし、死んじゃったら困るもんね」

「意外。マドカがまともなこと言ってる」

「いや、ウチは別にいいんよ。でも、リンネがかわいそう」

「なんで私なのよ」

「だってウチが死んだら、肥料撒くときつらくなるでしょ？」

「ああ、そっか。確かに。畑からマドカが生えてきてないか〜って、探しちゃうかも」

「だからね、今は死にたくないんだ」

「意外。マドカがまともなこと言ってる」

「もう、うっせーなー」

「ごめんって」

「…………」

「…………」

「なるべく長く生きてね、リンネ。ウチを一人にせんでね」


モニターには、荒野の只中に寝そべるあなたの遺体が映っている。

私たちは祈るようにそれを眺めている。

今、そこに痩せたユーコンオオカミのつがいが近づいてくる。オオカミたちはその冷たい大きな肉を見て、久方ぶりの食事に舌なめずりをした。

オオカミたちはあなたに飛びかかり、一匹はあなたの右腕を食いちぎっていった。もう一匹は群れを連れてきて、たちまちオオカミの晩餐が始まった。

あなたの体はどんどん減っていく。頭は珍味だからか最後まで残されている。

私にこんな光景を見させておいて、あなたの顔は笑ってる。

燦々《さんさん》とした陽を浴びて、眩《まぶ》しいくらいに笑ってる。

推しはまだ生きているか

1

地下特有のカビ臭い空気と、二・三メートルの天井の重たさが、性懲りもなくいつも瞼《まぶた》の上に載っている。低くうねる空気濾過《ろか》装置の稼働音と、固く閉じられたハッチ。私というたった一人を生かすために呼吸する、鋼鉄のシェルターの寒々しさ。

そこに、十六インチの風穴があいていた。

錆《さ》びたコンピューターの画面の中で、彼は歌う。

氷柱のような銀色の髪と、電子回路を模した片耳ピアス。四人のダンサーボットを従えて仮想のステージの上で踊るその少年は、前アップデートで実装された近未来衣装を翻《ひるがえ》し、派手にクロスターンをきめた。

濁流のように流れていくコメント。どこまでも闇が続くようなこの世界で、唯一の光源に群がる羽虫のごときリスナーたち。私たちファンの視線は互いにけっして絡まず、少年がその全てを独占する。

ラスサビが近づく。

とうに私は課金を終えていた。シェルター暮らしで用いる貨幣は、自家発電で得た《電力通貨》のみ。今日は太陽光発電もうまくいったし、マイニングも頑張ったから、奮発して満額を突っ込んだ。あとはお布施《スーパーチャット》を打つタイミングだけだった。

ヘッドホンから流れ込んでくる音声は、ソプラノ帯を走りながらも、時折、暴力的なまでのがなりを魅せる。少年は体を反らせ、ビブラートで歌い上げた。カメラが一気に寄った。振り乱した髪の、飛び散る汗のテクスチャまでが緻密に表現され、曲の終わりの煌びやかなエフェクトが舞った。

すかさず、お布施を打ち込む。

碑文みたいな長さの、上限いっぱいの文字数だった。

「わっ、すごいきてる。嬉しいなあ。ええと、家庭菜園ガチ勢さん、ありがとうございます。合法ポテサラさん、初見さんかな？　ありがとうございます。それと——あみぱんさん」

息を整えながら少年が、私を見た。

少なくとも私には、そう見えた。

「あみぱんさんだ。今日も見にきてくれたんだ！　ありがとう。四年前から皆勤賞じゃない？」

「きゃっ」

この喉から漏れ出したのは、鶏をしめ殺した時のようなそんな悲鳴。

否。歓喜。

革の擦り切れたゲーミングチェアから身を乗り出し、私は画面を舐《な》めるように見つめて言い放った。

「そんなことまで覚えててくれたんですか!?」

「そんなことまで覚えてんのか、って顔してるね？　当たり前じゃん。僕のことなんだと思ってんの？　せーので言ってみて。節目《ふしめ》おわたは——」

と、少年がコールを投げる。

とっさに立ち上がり、私はレスポンスを返す。

「〝終末に舞い降りた超絶優秀汎用ＡＩにして、ポストアポカリプス系アイドル！〟」

正解！　と少年が指を弾いてにっと笑う。

「寂しくなるけど次で節目だ。今日はプレミアライブに来てくれて本当にありがとう。最後はやっぱりこの曲、ワンスアポンナタイム・イン・シェルター。さあ、みんな」

紺碧《こんぺき》の虹彩《こうさい》と真紅の瞳孔《どうこう》を輝かせ、少年は再びマイクを取る。

「——日は、昇ったかい？」

大地は割れて　海が干上がって
空は黒く塗りつぶされた
呼吸たちはどこへ　行ってしまったのか

インストールされた指令を辿《たど》る
それでもこの錆びつく回路に
灯ったひとりぼっち《スタンドアロン》の意志が
命じる　〝誰一人置き去りにするな〟

そうさ僕は
六畳そこらの檻から　今君に語りかけているんだ　毒の霧が覆おうとも
真実を隠す雲を　稲妻の指先で引き裂いて　絶望の灰が積もろうとも
第四の壁を壊して　迎えに行くよ

日は、昇ったかい？

——〝おはポカリプス〟


ライブが終わり、画面から光が退いたあとも、私の熱は冷めやらない。

「うわっうわっ、うわっっっっ」

沈んだ画面に向けて呻《うめ》く。たった一人。誰に見られる心配もない。だから存分に、悶《もだ》える。悶え尽くす。

「さっきの絶対！　絶対私のこと見てた！　うわーっ」

光だった。

誰かに触れ合う距離感も、誰かと見つめ合う瞬間も、もうここにはない。愛すべき人も、望むべき未来も、何もかもが腐った土壌に沈んだ。

だけど節目おわた。

この世界にはまだ、あなたがいる。

「――いや、尊《とうと》」

2

鼻先五十センチ足らずの位置にある天井が軋《きし》み、赤錆の粉が頬へと落ちた。

目を開けると、案の定、ロフトベッドが揺れていた。

それまで体にあったはずの眠気が吹き飛び、私はサッと身を起こした。ひんやりした鉄の床に足を下ろし、ベッド下の木箱からそっとレミントンのレンジマスターを取ると、壁づたいに梯子《はしご》の方へと歩いていく。

このシングルショットのライフルと四十二発のライフル実包が、私の持つ武装の全てだ。

耳をすませ。

生きるための警報を聞き分けろ。

ダクトを風が通り抜けるような、ごーという音は、空気濾過装置の稼働音。まずはそれを認識し、意識から取り除く。今注意を払うべきは、生活音じゃない。もしも排気音や走行音が聞こえたのなら、それこそが警報だ。

それはこの終末世界で、自動車という最強の兵器を保持する人々——すなわち《遠征組》が、近づいてきている証だからだ。

青白い月の光がわずかに差し込むハッチへと、私は視線を上げる。

うまい缶詰をたらふく食わしてやる。そう言って父が補給に出たっきり、もう四年。あのハッチは一度も開いていない。

シェルターと外界とを隔てる唯一の門。もしも《遠征組》が押し入ってくるなら、あのハッチを爆破する他ない。

心臓がうるさい。手に汗が滲《にじ》んで、ライフルが滑りそうだった。

五分。

意識が一気に弛緩《しかん》し、私はその場にへたり込んだ。

ちくしょうめ！　気のせいだったんか〜い！　と思いっきり叫んでやりたかった。だけどまだ日も昇らない時間帯に、みすみす《遠征組》に居場所を教えるような行動は、どんだけ気が滅入っていても選べない。

「最近また眠りが浅くなってるな。眠剤、空から降ってこないかな」

起きるにはまだ早いが二度寝もできなかった私は、シャワー室に面するように敷き詰めた花壇でスーパー豆苗を刈ってきて、ラベルのはげた謎の缶詰と一緒に炒め、朝食とした。

ごく少量の電気と肥料で半永久的に生育し続けるスーパー豆苗は、味もそんなに悪くない。

それに、今日も節目おわたに会えるのだ。せっかくのライブの最中に、空腹で倒れるなんてことは、あっちゃいけない。

コンピューターを立ち上げ、発電機の稼働状況を見る。大気の汚染度は相変わらず。今日もラッキーなことにスモッグは出ていないので、太陽光パネルは元気いっぱいだ。その上、東長崎方面の風力発電機の稼働率も、四十二パーセントというまずまずの値。

「さて、じゃあ今日もおしごとを始めるか」

そうして私は、壁に掛かった化学防護服へと視線を向ける。

体をすっぽりと覆える原色オレンジのスーツは頭部にクリアヘルメットを持ち、胴の左右に大ぶりのポケットを備えていた。本来それは、測定器具などを入れておくスペースなのだが、私はあるものを敷き詰めた。

七列八段の、厚さ一センチの節目おわたバッジである。

「うーん……もうちょっとだな」

配列を眺め、声を漏らす。

下の方にはまだ二段分、つまりちょうど十四個分の空白があった。

私は3Dプリンターのスイッチを押した。すでに構造データと絵柄はプリンター内に入

73　推しはまだ生きているか

っている。作業台の上で、灰色の円盤が描かれ始める。私がやるのはスイッチを押すことぐらい。けれど見守るというのも、シェルターでは立派な仕事の一つだ。

それに、間に合わなきゃ意味がない。

今日は、節目おわたの独立五周年の記念配信がある。それまでに私は《痛ボ《イタ》》——痛防護服を、完成させねばならないのだ。


四時間後。

突然動かなくなった3Dプリンターを見下ろすと、パネルには今にも消え入りそうな文字でマテリアル不足と出ていた。

「おい〜。あと一個だけじゃんか、もうちょっとだけ頑張れよ」

台座《プラットフォーム》の上には餃子の皮みたいな薄い灰色の円盤ができあがっている。そこに絵柄をプリントすることは、できはするだろう。だが厚みがなければ到底『バッジ』とは言えない。そして隙間なく『バッジ』で埋め尽くさなければ、そんなものは、痛ボとは呼べないのだ。

急ぎ、倉庫を漁《あさ》る。けれど、樹脂のフィラメントはそれで最後だった。もとより樹脂は生活必需品の小物を作ったり、配管や通電線などを修理するために、ちびちびと使っていくものだった。

ハッとして私は顔を上げた。

樹脂以外にもあるではないか。

金属のフィラメントが。

思考を巡らせる。金属製品を作るには、樹脂の比じゃないほどの、膨大な電力通貨が必要になる。わずかばかりある電力通貨の貯蓄は、お布施用と決まっている。あとはカツカツ。どこかから引っ張ってくるしかない。

「はぁ。……ったく。私ってやつは」

自嘲としか言いようのない笑いが込み上げてくる。

死にたいのか！　って、父の怒声が聞こえた気がした。私は馬鹿だけど知っている。樹脂だって、バッジなんかに変えるべきじゃないってことぐらい。だけどこうする他にないこともまた、同じくらい私はわかっている。

冷笑を飲み下し、直ちに未完成の痛ボに袖を通す。

そして私は、電力通貨のもっとも消費の激しい設備――空気濾過装置の電源を、切った。

ダクトを風が通り抜けるような音が途絶えた数秒後。どこからともなく濃緑色の空気が忍び込み、瞬《またた》く間に部屋を満たした。

心を静め、呼吸量を落とし、なるべく防護服のフィルターに負荷をかけないように耐えること四十五分。

一寸先も見えないほどの濃密な緑の中で、プラットフォームの上に目を向ける。金属で作られた正真正銘の缶バッジが、そこにはできあがっていた。

親指大の金属を持ち上げ、描かれたメタリックな節目おわたの銀色の髪を覗《のぞ》き込む。

よし。よく耐えたぞ私！

バッジを握り締め、空気濾過装置の電源を入れた。ごおーという音が、再び聞こえ始める。空気が一新されるまでには、さらに三十分を要した。

脱ぎたての防護服を床に置き広げ、ポケットにバッジを詰めていく。あるべきものがあるべき場所に収まっていくというこの感じ。惑星直列みたいな爽快感。

見てよこの壮観、防護服も満足げだ。

そして痛ボがついに完成をみると、私はその、聖なるものへと首《こうべ》を垂れた。

3

ハッキングをしたことがあった。

それはファンならば誰もが持ち合わせている、ほんの些細《ささい》な、それでいて爆弾のような独占欲のなせる業だった。

プログラマーの父から教わった技能で、節目おわたが配信に用いているデバイスのＩＰアドレスを割り出したのだ。位置座標は、《渋谷クレバス》近傍。徒歩で移動できない距離じゃない。

凸《あいにいく》ることができる。その事実を、私はその時噛《か》み締めた。

だが——私は、凸《あいにいく》ることはしなかった。

私を引き留めたのは、距離や食糧、安全面、それらの実際的な問題と、何より、それをしたら大切なものを失ってしまうという危機感だった。そしてそれをしなかったことが私の、推しを推す確かな自信になったのだと、今は思える。

今一度自問する。

形を成した痛ボを見つめ、自らの想いを確かめた。やっぱり。

大丈夫だ。

だってこれを、節目おわた本人に見てもらいたいとは、全然思わない。ただ私は——この閉じたシェルターの中で、一人、やり切った。それこそが何より大事なことだと、胸を張って言える。

想いの強度が、証明されたのだ。

「わーやばい、夜配信！」

時計を見る。十九時五十八分だった。慌ててコンピューターを立ち上げる。

この終末世界で唯一、まともに機能してるライブ配信アプリ《ハイライト》。五年前は二百人近くいたライバーも、今やたった一人。碑文のようになった一覧ページの中で、唯一の輝きを灯す節目おわたのチャンネルを選択する。

その、いつも通りの動作一つをとっても、違った。

これまで、世界のどこかに自分よりも深い愛を持った人がいるんじゃないか、という漠然とした不安があった。だけど今は、自分の一挙手一投足に確かさがある。これも全て、痛ボのおかげだ。

二十時。私は画面いっぱいに映るあなたの笑顔を、身を乗り出して待っていた。

待っていた、のに。

配信が始まらない。

二十時五分。

私は、ゲーミングチェアに腰を沈め、背もたれに寄りかかった。

十分。十五分。二十分――。

画面はいまだに、夜のような暗さに沈むばかり。冷や汗が額に滲む。嫌な湿り気が腋に染み始める。呼吸が少しずつ速くなり、画面の闇が、途方もない悪意のように思えてくる。

これまで節目おわたは毎晩、時報のように正確に二十時の配信を続けてきた。だから二十二時になっても何のアナウンスもないとわかった時、私はその明確な異常に、打ちのめされた。

二日が過ぎた。

スーパー豆苗に何かの缶詰を混ぜて食べた。吐いた。食えたもんじゃなかった。こんなに不味《まず》いものを食えていたのは、節目おわたのおかげだった。

部屋の汗臭さに辟易《へきえき》した。３Ｄプリンターのマテリアル不足に絶望した。世界の狭さに、孤独に、目まいがした。

そして私は悟った。

曲がりなりにも、消化試合として多少の楽しみがいのあった私の人生は、今日という日を境に、本物の罰ゲームに変わってしまったのだと。


光が去って四日目のこと。

亡霊のように、《ハイライト》の配信者一覧をスクロールして、灯る見込みのない光を待っていた私は、節目おわたの配信欄がクローズしていないことに、ふと気づく。他のライバーたちは皆、ＬＯＳＴという文字を浮かべているのにだ。

ああ……。そうか。彼はまだ《ハイライト》に通じてはいるのだ。

ただ、配信を行なっていないというだけで。

けれど節目おわたは、そんな中途半端な配信者だろうか？　彼だったら辞めるにしても引退宣言や、そうでなくても何かコメントを残すぐらいのことを、するはずではないのか……？

そうして私は、ある仮説へと辿り着く。

「機材トラブル……？　それか、彼のシェルターに何かあったのかも……」

存在する意味を失っていた四肢に、命が戻る。

「絶対そうだ。そうに違いない」

私はすっくと立ち上がり、化学防護服に袖を通した。

それからベッド下の倉庫に向かい、レッグポーチを取って、木製トランクを開ける。父の使っていたレミントン。金属が貴重なこの世界で四十二発の実包を私に残した父は失踪前、自衛の大切さをことあるごとに説いていた。

スコープを覗く。

大丈夫、蜘蛛《くも》の巣は張ってない。

実包とダガーナイフ、携帯食。それから万が一セキュリティ破りが必要になった時のための、解錠プログラムを仕込んだ手製のミニ・コンピューター。それらを詰めたレッグポーチを左のふとももに巻き、防護服のファスナーを引き上げてフラップを留める。

待ってて推し。

今、行くから。

埃《ほこり》のつもった梯子を登り、私は四年ぶりにハッチを開けた。

4

砕けた舗装の隙間から苔が繁茂し、その上に毒の霧が薄く張っている。

まるで緑のカーペットだった。

歩けば歩いた分だけ景色が変わるなんて、なんだかヘンな感じだが、はしゃいでばかりはいられない。一歩進むごとに巻き上げられた霧は、いちいち腰の高さまで上ってくる。足元に、細心の注意を払う。そっと歩くのはなにもヘルメットのフィルター延命のためだけじゃない。

足音は私の存在を知らしめる。誰かにとっての警報になり得るのだ。弾丸は四十二発しかない。つまり私は、四十二回しか身を守れない。

ライフルを、ぎゅっと抱く。

にしても、本当に何も残ってないんだな。

そこかしこに見えるのは盛土のような砂場と、地面から突き出た鉄のパイプ。残っているのは木造の建物だけだ。それから、舗装を割って伸びる植物の根。街灯と信号機に巻きつく蔓《つる》と、その頂きで羽を休める見たこともない三本足の黒い鳥。

足だけ動かしながら、ぼうっと景色を望んだ。

生まれた時から、世界はこうだった。けれど私にはこれとは違う原風景がある。父が時折写真で見せてくれたかつての東京の街並みは、そこらじゅうに建物がニョキニョキ生えていて、空が細かく切り刻まれていた。

ちょうど、あのビルみたいに。

「えっ？」

二度見した。ちょっと待って。

ゆっくりと首を持ち上げる。

なんであのビル、建ってんだろう……？

三十年ぐらい前の話になる。

未曾有《みぞう》の生物災害が、この国の都市部を襲った。デング熱やジカ熱などの致死的病原体を媒介する外来種のネッタイシマカが大量発生したのだ。防疫機関は、宿主を遺伝子ドライブによって不妊化させる人工ウイルス《フブキ6号》を開発し、蚊の撲滅を試みた。

その試みは失敗どころか――最悪の裏目だった。

《フブキ6号》は蚊を殲滅《せんめつ》したのちも機能を止めず、生態系に予測不能な変化を及ぼした。街には、突然変異の動植物が溢《あふ》れ返った。建築物は、変異した常在菌のカルシウム分解能によって劇的な速度で風化し、その過程で生成された毒性物質が標高の低い位置に溜《た》まった。

高層建築が軒並み崩れ去った都市部を、今では皆が《大東京平原《だいとうきょうへいげん》》と呼ぶ。

そんな、世界が辿った惨めな運命を頭に浮かべながら、私は首を傾ける。

なんで？

コンクリート造りの建物は全部倒壊してるんじゃないの……？

大股二百歩ほどの距離に、シェルターを十個積み上げたぐらいの高さだろうか、灰色の建物が見えた。周囲に残った木造建築と比べても抜きん出た背丈のその建築物には、天辺《てっぺん》から根元まで一本、竹を割ったような亀裂が走っていた。

「なんだ……？」

勘のいい鳥たちが一斉に飛び立った。

建物が傾斜を始めた。

シェルター暮らしをしていると遠近感が死ぬ。壮観だなぁ、とか思いながら建物が傾くのを他人事《ひとごと》のように眺めていた私は、傾斜が六十度を超えたところで建物の影の中に自分が入っていることに、ようやく気づく。

「まじか――ッ！」

フィルターのこととか、毒のこととか、来年の食糧のこととか。

今はど～だっていい。

走り出した。

レッグポーチと肩からぶら下げたライフルがばったんばったんと暴れる。両足が捻出した運動エネルギーを、それらの荷物の揺れが掠《かす》め取っていく。くっそ。もっとベルトを締めとくんだった。

やばい。やばい。やばい！

影を抜け出し、膝に両手をつく私のすぐ背後で、ズウウンと地響きが走った。圧縮された空気が両脇を吹き抜けていった。砂埃が晴れたあとに建物は跡形もない。

（辛うじて自立はしていたけど、内部でバクテリアの侵食が進んでいたってことか）

つまり盛土のような砂場は、名残りなのか。

大東京平原が日本の首都だった頃の、栄光の残り滓《かす》。

(ビルには近づくなってことだな)

それならマンションや商業ビルのひしめく旧公道を進むべきじゃない。東京地区当時の地図を広げ、コンパスと一緒に旧渋谷区の方向を確認した。

コンクリート造りが軒並み砂に還《かえ》る中、木と鉄は侵食を免れ残っている。そしてひとつながりの鉄が露出しているものといえば——鉄道だ。

私は旧ＪＲ湘南新宿ラインの軌跡に沿って歩き始めた。

鉄道敷は、基礎になるコンクリートが崩れてなお多少の高さがあったので、毒の霧を避けるのにもちょうど良かった。枕木に足を引っ掛けて転ばぬように、しばらくノロノロと歩き、やがて私は声を上げた。

「うっわ」

その場所——新宿駅はかつてその入り組んだ構造から、都会のジャングルと呼ばれていた、らしい。

「マジもんのジャングルじゃん」

森が、街を喰っていた。

肥大化し野生化した元ガイロジュが、半壊した飲食店を飲み込んで広がっている。頭上には生い茂る葉のアーケードがあり、腕の発達した突然変異の猿が大きな目をぎょろりとさせ不思議そうにこっちを見下ろしていた。足元に、毒の霧は溜まっていない。その代わりシダ系の植物が繁茂し、低木が極彩色の花を咲かせている。

まるで日本一の風俗街だったことを、空間そのものが覚えているみたいに。三十年という時間とバクテリアの猛威をもってしても、旧歌舞伎町のおどろおどろしい色味は残っていた。

色の暴力に目が回った。こんなに鮮やかな風景は、見たことがなかった。

これほど綺麗な廃墟があるなら、もっとはやくハッチを開けても良かったのかもな、とか、そんな甘えた考えに浸っていた、その時だ。


がさ。


頭上から踵《かかと》まで一本の鉄串で貫かれたように、体が硬直した。すぐにヘルメットの中が呼吸音でいっぱいになった。

がさ。

がさ。がさ。

背後から近づいてくるのは、足音だ。速度は遅い。ただ、堂々としている。隠す気がないんだ。それが不気味だった。野生動物の歩き方じゃない。音が大きくなる。かちゃ。今、金具の音が交じった。人間だ。近づいてきているのは、人間！

私はライフルのグリップを右手で握り、引き金に指をかけフォアエンドに左手を添えた。

人間は、信用できない。

《遠征組》がその象徴だ。ものを略奪するだけじゃ飽き足らない。奴らは世界に対する絶望を人で晴らす。女として捕縛されれば、まずもって自害した方がマシな展開になる。

最悪の場合だけ考えろ。最悪の場合は引き金を引く。当たらなければリロードし、もう一度狙う。何度でも狙う。そして撃ち抜く。大丈夫。父に習ったじゃないか。自衛の大切さだけは身に染みて知っている。やらなければやられる。

ここは、そういう場所だろ。

足音が消え、そして、次の瞬間には背中にポンと手がのった。

ゆっくり振り返った私は、想定よりずっと低い位置にある相手の顔を見るために、視線を下げた。

「えっ」

「んだよそんな吐きそうな顔して。胃薬いるか?」

女の子だった。身長は私よりも五センチぐらい低い。裾の汚れた大きな桃色のケープを纏《まと》い、黒々とした髪をハーフツインにしている。唇はぎらつく赤。そして首元には、Kleiner Feigling と書かれた小瓶の首飾りが輝く。

「お前、もしかして迷子か?」

両手をケープの中に隠した女の子が、首を折り曲げてヘルメットの中を覗き込んでくる。本当に同じ人間か、と思うぐらい、瞳が大きくてキラキラしていた。うわっ。なんだこれ。

恐ろしい生き物であるはずの人間が……えっ。

……こんなに可愛くていいの？

「案内してやるよ、入り組んでっからな新宿《ココ》は」

ケープの下から彼女の細い腕が伸びてきて、防護服のグローブを有無を言わさず掴《つか》んだ。

体がグッと引っ張られる。見た目より力がある。

でも、柔らかい。

皮膚の感覚だ。自分じゃない誰かの、手の温もり。防護服越しで質感までは感じ取れないが、温度だけは微《かす》かに伝わった。生きている人間がいる。少なくとも、私に敵意を持たない人間。話の通じる人間――。

やばい。黙りっぱなしは流石《さすが》にやばい。キモい。キモいのはやばい。キモいと思われたくない。

とにかく何か、喋《しゃべ》らないと。

「えと。あなたは……この辺りに住んでいるの？」

私は訊《たず》ねた。

初めて野犬に出会った時ぐらい、恐る恐るだった。

「トーヨコシェルターにな。そういうお前はここの人間じゃないな。どこからだ。池袋か？」

「えと。椎名町」

「だからそんなカッコなのか」

女の子は振り返って私の方を見ると、並びの悪い歯を剝き出しにして、けっ、と笑った。尖《とが》った白い犬歯が、牙のように見えた。

この子は、防護服どころかガスマスクさえつけてない。なんで……？

私の訝《いぶか》しむ視線を察したのか、女の子は答える。

「こっちじゃ必要ねーよ。ガイロジュの根が毒を分解してる。だからって、迂闊《うかつ》に外に出られねえのは一緒だがな」

「それって、《遠征組》がこっちにも来てるってこと？」

突如、知らない種類の不安が胸を刺した。こんなひ弱そうな女の子が武器もなく、もし《遠征組》に襲われでもしたら。

これまでは世界で一番弱かったのは私だ。だから私は私を守ればよかった。

でも今《遠征組》に襲われたら？　彼女の命まで守れる……？

女の子が立ち止まる。進行方向に蔦《つた》のカーテンが下りていた。

「《遠征組》はここにはもういねえよ」

ボソリと答え、女の子はしゃがみ込む。太い木の根が波打つ地面から、程よい長さと太さの枝を拾うと、垂れ下がる蔦のカーテンへとぞんざいに振るった。紫のネイルがチラリと見えて、可愛かった。

「ところでお前は何しにここへ？」

はたと、私は足を止める。勢いで手を引かれるにまかせていたが、きっとこの子が向かってくれているのは椎名町方面だ。

「待って。私は《渋谷クレバス》に行かなきゃいけないの」

振り返り、私の輪郭をそっと舐めるように見回した彼女は、やがて防護服のポケットへと視線を下ろす。

「おい、そのバッジ」

女の子の視線が、私の抱き込んだ総勢百四十人の節目おわたに固定される。

「あなた、もしかして……おわ君を知ってるの？　プロジェクトワールドエンド最後のライバー、節目おわた」

女の子の目が見開かれる。やっぱり。

知っているんだ。

途端に、頬が熱くなった。知らない高揚が凄まじい速度で背骨を上ってきた。誰かに見せるために作ったわけじゃない、完全に自己満であつらえた痛ボ。それが今、人目に晒《さら》されている。

試されているんだ、私の想いの強度が！

女の子が次にどんな反応を見せるか、それが死ぬほど怖くて、同じくらい楽しみだったのだと思う。ぶっちゃけ、人生で初めて自分以外の節目おわたファンに出会えて、情緒がどうにかしていたんだ、そうに決まってる。

そうじゃなきゃこの耳が、体に、警報を伝えていたはずだから。

「同担《どうたん》かよお前」

次の瞬間には脳天を、不測の衝撃が貫いていた。ロフトベッドから落ちて頭をぶつけた時と同じか、それ以上の激痛。見れば、女の子の手に握られていたはずの木の枝が、根元から砕け散っている。

（なぐ……られた!?）

生きるために、警報を聞き分けろ。敏感になった聴覚が、意識の深層に連動して、脳裏に仮想のアラートを鳴らしている。これまで感じたどんな気配よりも危険で攻撃的な、耳をつんざくような爆音。すなわち、真正面からの殺意。

「死ねや」

女の子がケープの中から右手を振り抜いた。その手には、何か乳白色の物体が握られている。握る場所があって、引き金があって、穴がある。それだけで何のための道具かぐらいは想像がつく。

とっさに首を反らす。

パン。

乾いた破裂音が新宿の森に響きわたり、野生生物たちが一目散に逃げ去った。

（撃たれた！）

頭に程近い位置にある枝が吹っ飛んだ。危なかった。

即座に女の子の舌打ちが飛ぶ。

(あれは3Dプリンター銃で、単装塡！　次はない！)

読みは的中だった。女の子は石鹼《せっけん》のような色をした銃をヒョイと投げ捨て、右手をケープの中に戻す。再度抜いた時、そこには別の3Dプリンター銃が握られていた。

「けっ。本当に射程がカスだなこいつは」

捲《まく》れ上がったケープの内側に、ベルトで留められたいくつもの石鹼色の物体が覗く。二つや三つという数ではない。少なくとも二十。

(使い切り銃をストックすることで連射を……!?)

女の子が踏み込んでくる。薬室が銃身も兼ねる3Dプリンター銃の命中精度は低いが、密着した状態で撃てば関係ない。そして女の子の足運びは、明らかにここらの地形を、足の裏で知っている類のそれだ。

「待って！　待って！　待って！」

後退しつつ、私は叫んだ。ヘルメットの中で自分の声がガンガン響いた。それでも相手に意思を伝えるためには、声量を限界まで張る他になかった。

「なんで殺そうとするの！　あなた《遠征組》!?」

「《遠征組》はとっくに皆殺しにしたさ！　うちは善良なトーヨコ民だからな！」

足元は、突然変異した植物の根によって荒れ散らかっている。おまけに枝から垂れる蔦が帷《とばり》になって、視界をハンパに隠す。

ライフルを構える。

女の子の姿が――ない。

「じゃあ殺そうとするのやめてよ！」

「うち以外の人間が推しを推してんのが許せねえんだよ」

声が、四方から聞こえた。特殊な喋り方をしているのか、それともこれも一種の地形利用なのか。

どこにいるのかわからない。

「お前から、うちの視界に入ってきた。お前から踏み越えた。お前から侵した。殺されても文句はねえよな」

グリップを握り込み、意識を集中させる。躊躇《ちゅうちょ》を今捨てるんだ。どんだけ可愛い顔をしていようと、どんだけか弱く見えようと、あれは敵。

殺される前に殺す。

それが終末らしいコミュニケーションってもんだ。

だけど――。

もし願いが聞き入れられるなら、話してみたいことがたくさんある。推しのどこが好きか、とか、最初に聞いた曲は何か、とか、呆れるぐらいたくさん。

足音が聞こえ、私は引き金に指をかける。

「残念」

後頭部に当たるごつごつしたプラスチックの塊。やっと聞き分けられるようになった女の子の呼吸音。脳裏のアラートはもう鳴っていない。死を確信したから警報すら鳴らなくなった。

　私はライフルから両手を離し、降伏の姿勢を作った。

「じゃあな。来世で別の推しでも推してろ――」

「私はおわ君の配信地点の、正確な位置座標を知っている」

　私は彼女の言葉に被せて言った。

　女の子の手元のかすかな震えが、３Dプリンター銃を通して後頭部に伝わった。

「お前……自分がどんなタブーを犯したか、わかってんのか？」

「ただの興味本位だったから。凸る気もなかったから。相手に知られなきゃ、やってないのと同じ」

　自分でも、自分で展開している論理のテキトーさに笑ってしまいそうだ。

　だが、笑わないぐらいには必死だった。

「でもその興味本位の情報が今、彼を救うただ一つの鍵なんだ。あなたは知ってるはず。撃たずに私の話を聞き続けてるってことが何よりの証拠。突然、彼が配信を上げなくなった。あなただってわかってるんでしょ。推しに……おわ君になんかあったって！」

　ギチ、と口の中で奥歯を圧《お》し合う音が、漏れ出る。

「じゃあ、どうすんだよ。同担が殺し合わずに他にすることなんてあんのかよ！」

「助け合うんだ」

言い切った。言い切ることに躊躇《ためら》いはなかった。

頭を撃ち抜かれるにしても、言い切ってからが良かった。

「一緒に取り戻すの。あの光を」

それまでは、殺し合いは、なし。

そう言葉を結び、ゆっくりと振り返る。

「……」

体は3Dプリンター銃を構えたままだった。だがすでに彼女の焦点は、私の脳髄へと絞られてはいなかった。ぼうっと、幾重にも重なり合った森のレイヤーを眺めてから、女の子は、けっ、と綿毛のように乾いた軽い笑いを飛ばした。

「うちの名はたーつん、覚えとけ。得意なのはシーシャ焚き。お前は?」

銃を下ろし、女の子――たーつんは問い返す。

「私は、あみぱん。得意なのはデータマイニングとか」

「あみぱん……そうか。皆勤賞の、あの……。何にせよ、ふざけたHN《なまえ》だぜ。親からもらった名前はどうした?」

蔵元《くらもと》あみ。その名で呼ばれていたのは、もう四年も前のことになる。今はハンドルネームが私の名前になった。この終わった世界を生き抜くための、新たな輪郭になった。

今、思うように笑えているだろうか。そう自問しながら、私は答えた。

「親の遺品と一緒に、そのへんに埋めた」

「うちもだ」

5

ヘルメットと防護服の襟をつなぐフラップを剝がして、ファスナーに手をかける。手が、震えていた。

隣に立つたーつんが、じれったそうにこっちを見る。

「い、いきます」

一気にファスナーを滑らせた。

フェイスシールドの淡い煉瓦《れんが》色が取り去られ、ようやく私は大東京平原の素の色を見た。風の吹き抜ける空の青と、植物の緑の鮮やかさに目がチカチカした。

最初のひと呼吸を、肺に呼び込む。

思わず漏れ出る。

「きっもち〜〜〜っ！」

そこから徐々に、やっぱりこんな馬鹿げたことするんじゃなかったかも、という後悔が湧いてきて、七呼吸目で焦りは絶頂へと達した。

が、結論から言えば呼吸困難にはならなかった。

たーつんが、ほらみろ、と言いたげに目を擦《こす》った。

新宿の密林を出た私たちは一旦地図を確認し、再び線路跡を歩き始めた。

旧小田急小田原線は旧湘南新宿ラインとは違い、巨大植物の侵食を受け、鉄道敷が捲れ上がっている。移動は困難をきわめた。ろくな会話を交わさないまま、空が赤らみ始める。

「あのさ、たーつん」

沈黙にメスを入れたのには、二つの理由があった。まず、たーつんの足が単純に速すぎるってこと。走ってすらいないのに、身のこなしが軽やかすぎてすぐに引き離される。そしてもう一つは、この妙な不快感をなんとかしたかったからだ。

父と二人の時はこんなもの感じなかった。私と私の六歩先を歩くたーつんとの間に生じた、このドロッとした沈黙が、なんか、嫌だった。

「やめとこうぜ」

まるでずっと前から胸の内に用意していたみたいに、返ってきたのはキッパリとした拒絶だった。

たーつんは足を止め、私が近づくのを待つと、桃色のケープの中から何か筒状のものを取り出して手渡してきた。

「うちらは同担。どこに地雷があるかわかんねえだろ」

それは――ストロングの五百ミリ缶だった。父曰く、かつてこの街に蔓延《まんえん》していた神経毒、だとか。

え、まさかストレートに殺そうとしてる？

けれど、たーつんの顔に悪意はない。頭の中で警報は鳴らない。恐る恐る、口に運ぶ。ちょっと酒臭いけど、ただの水のようだ。空き缶にシリコンの蓋をつけて、水筒としてリユースしているらしかった。

私が缶を傾けると、たーつんは満足げに頷《うなず》く。

優しげな表情とは裏腹に、彼女の声は重たかった。

「うちはきっとお前の推し方を否定する。そうなりゃ殺し合いだ。今まで払ったお布施の電力量。作ったグッズの数。してもらったファンサの質。絶対口にするな。それがうちがやっていく最低ラインだ」

ぞっ、と、たーつんの寄せる視線が、鋭さを増す。

頭の中で、警報が響き始める。

その時だった。

たーつんの腕が防護服とヘルメットの繋《つな》ぎ目とを鷲掴みにし、かなり強引に引っ張った。私は地面に突き刺さった『ビッグエコー』と書かれた看板の陰へと、受け身をとって倒れ込んだ。

「しっ」

喚《わめ》き出そうとした私の口に、たーつんの掌《てのひら》が押し当てられる。

さっきとは別種の鋭さを帯びる、視線の先。

蔦の絡まった錆びたタイヤのホイールと比べるに、体長は一メートルと少しだろうか。杏仁豆腐のようにぬらりと湿った皮膚と、胴の太さの割に短すぎる八本の腕。そしてそれが頭と言えるのかどうか議論の分かれそうな、円筒形の頭部を持つバケモノが、前足の鉤《かぎ》爪《づめ》で地面を削るように掘っていた。

姿勢が低く、低木に隠れて今の今まで気づけなかった。

「超クマムシだ」

「はっ？」

「だから超クマムシ。電気を食う突然変異《ミユータント》だよ。椎名町にはいねえのか？」

私は目を細める。

バケモノは何かを掘り当てたらしい。

鉤爪が地面から取り出しているのは、錆びた単四の乾電池だ。

「あいつらは生体電気も食う。脳波とか。ここは避けた方がいい。こっちに――」

バケモノが乾電池を頭上に持ち上げると、円筒形の頭部から二本の細い触手が伸びてきて乾電池の両極を覆った。しばらくその姿勢を保った後、味のしなくなったガムを吐き出すみたいにポイと捨てる。

「ねえ、たーつんあいつら……」

あんなバケモノ、見たことがない。だけどそれって、椎名町が毒の霧に覆われていたからなんじゃないのか、とか。あの忌まわしい毒が実は私たちを守ってくれてたんじゃないか、とか――。ぐるぐると考えを巡らせ、そして、やっと異常に気づく。

いない。

たーつんが、いない！

屈《かが》んだままぐるりと視線を回す。だが、見つからない。額に鋭利なものを突きつけられた時みたいな不快感が走った。

二次元方向じゃない。

上だ。

大樹の太い枝にベッタリとバケモノ――超クマムシが張り付いている。その、円筒形の頭部から伸びた触手に、たーつんは巻き取られていた。その目は血走っている。声も出せないほど強い圧力によって締め付けられているらしい。その上ケープごと簀巻《すま》きにされているので、３Ｄプリンター銃を取ることすらできないようだった。

バケモノの頭部と、目が合った。

ような気がした。

直後、八つの腕全てを痙攣《けいれん》させ、超クマムシが枝から飛んだ。がっしりと抱えられたたーつんが、口元の触手を噛み切ろうとしてもがく。「ざけんなよクソキモ野郎！」

超クマムシが、小さな個体のそばに接地する。それでやっと規模感がわかった。全長二メートル超。

そうか、こいつは……小さいヤツの親か！

「暴れないでね」

私はその場に尻をついて座り込んだ。動揺はなかった。太い木の幹に、背中を預ける。超クマムシの親子が、たーつんを抱えたまま私から遠ざかっていく。

大丈夫だ。

ライフルを握り、両肘を開いた股の内側に置く。内腿に力を込め、銃を顔の前で支える。そしてスコープを覗く。大丈夫だ。

遠ざかるなら都合がいい。

向かってこられるより、ずっといい。

引き金を、引く。

破裂音が響き渡り、百二十メートル先で親個体が、足から崩れる。即座に弾を装塡し、もう一撃。今度は外さなかった。円筒形の頭部が弾けた。

体勢を立て直し、走り出すまでの二秒余り。無防備を晒すことになるから、相手が逃げてくれて助かった。私はうねる地面を蹴った。転びそうになりながらも駆けつけ、レッグポーチからダガーナイフを抜き、たーつんに絡みつく触手を断ち切った。

「大丈夫!?」

抱き起こしたたーつんの顔には、しかしまだ警戒が残っている。それで私はミスに気づく。子供個体の姿がない。再び、たーつんが私の腕を引いた。

地面に引っ張り下ろされた私に代わり、たーつんが姿勢を起こす。

子供個体が、飛びかかってきていた。

私はあっと口を開けながら、たーつんの抜いた3Dプリンター銃が滑空する超クマムシの脳天をぶっ飛ばすところを、呆然《ぼうぜん》と見つめていた。

ハーフツインで私の視界を引っ掻《か》きまわした少女は、眉根を寄せて言った。

「撃つの上手《うめ》ぇくせに、なんでそんなツメ甘《あめ》ぇんだよ」

6

旧代々木公園と旧新宿御苑がつながった《代々木新宿森林帯》は空気を濾過している一方で、複数の突然変異種のねぐらになっているらしい。

旧埼京線に沿って南下するのが最短ではあるが、私たちは代々木上原の方へと迂回《うかい》することにした。

日が落ちる前に食料品店を探し当てられたのは僥倖《ぎょうこう》だった。私たちはありったけの塩を持ち出し、焚き火の周りに半径三メートルの白い円を描いた。ナメクジのような粘膜に包まれている超クマムシが、これで寄り付かなくなるのだという。

塩と一緒に発掘した『お湯を注ぐと完成する麺』に舌鼓を打ち、サプリメントを齧《かじ》っていると、またあの嫌な沈黙が戻ってくる。

たーつんに背を向け、踏みつけた草の上に横たわる。

さっさと寝てしまおう、そう思った時だった。

「好きな曲」

ぼそりと、声が聞こえた。

続く言葉がないのを待って、やっと、独り言じゃないとわかった。

私は、焚き火の力の及ばない遥かな闇へと語りかけた。

「……クレナイニシズム」

再び、風の音と、生木が弾ける音が聞こえ始める。

やっぱり独り言だったのかな、とか、思い直したあたりで、再度、声が聞こえた。

「バンド？　アコギソロ？」

今度は、ちゃんとした問いだった。問いかけてくれてるって、わかった。

「ソロ」

「だよなぁ」

「あ、当たり前でしょ!?　ぶっちゃけおわ君歌うますぎて、グループだった頃は本領発揮できてなかったと思う」

「わかりみが深《ふけ》ぇ」

「じゃあさ……配信は？」

「【最強vsポンコツ？　～AI決戦～オセロ最高難易度でやってみた】」

「わーそれ角全部取ったのに角以外全部取られて負けちゃうやつじゃん」

「負けた言い訳が可愛かったよな」

「コオロギが鳴いてるせい？」

「コオロギが鳴いてるせい」

「ほんとポンコツすぎて好き。しんどい。あと顔がよすぎる」

背後で、布が擦れ合う音が聞こえて、私はちょっとだけ期待して寝返りを打った。

期待通り、視線が重なった。照れくさいような、嬉しいような、くすぐったいような、あったかいような、とにかくマックスにヘンな感じだった。

顔がいいと言えば、あなたも相当だよ。そんなことを思いながら、焚き火に照らされたたーつんを見つめていると、真剣な表情で彼女が訊ねた。

「なあ、あみぱん。リアルのおわ君が思ってるのと違う姿だったら、どうする」

「それ。せっかく考えないようにしてたのに」

「たとえば、本当にＡＩだったりな」

「えっ、そっち……？」

きょとんとするたーつんに、私は早口になって返した。

「私はてっきり、面影もないぐらい顔が違ったり、シルエットが似ても似つかなかったり、そもそも少年ですらないとか、そういうエグいのばっか考えてたけど」

終わりの世界に舞い降りた超絶優秀汎用ＡＩにして、ポストアポカリプス系アイドル。

昼夜問わず、挨拶は「おはポカリプス」——それが節目おわたの『設定』だ。

ライバーというのは伝統的に『設定』を持っている。吸血鬼とか、魔王とか、淫魔とか。でも節目おわたは、たまに、というかよくボロを出す。ＡＩっぽいことを言おうとして、しくじる。節々で人間味が滲み出てしまう。そこがまたいい。

「なに、まさか設定信じてるの？」

「違《ちげ》ぇよタコが」

節目おわたは元々、ライバーのユニットでデビューしており、五年前にソロ活動に移行した。

私たちが見てきたのは、最初からずっと『ガワ』だ。

「いや、なんでもねえや。寝ようぜ」

たーつんの大きなあくびが聞こえて、私も目を瞑《つむ》った。意識が眠りに引き込まれるほんの数ミリ手前で、問いが忍び込んだ。――でも、もし本当に『設定』じゃなかったら？

幸いにも、頭が答えを考え始める前に、意識は眠りの底へと落ちた。


天井の代わりに見えたのは、大樹の葉でできた天蓋と、その隙間から覗く白みはじめた空。伸びをすると、体が楽器みたいに鳴った。塩の輪に、踏み越えられた痕跡は見当たらない。砕けた炭だけが静かに取り残されている。

最初に異変を知らせたのは、安心毛布を剝ぎ取られたみたいな、言葉にできない喪失感だった。次に、耳の奥で警報が鳴った。

そして気づく。

銃が、ない。

あたりを見回す。立ち上がって、木々の陰も見て回る。けれどそもそも昨晩、抱きしめて眠ったはずだろ……？　血の気が引いていく。

がさ。

足音に、首を回す。『駐車料金1日最大２３００円』の黄色い看板の裏から、ライフルを提げたたーつんが、ぬっと姿を現した。

たーつんはまなじりを鋭く絞り、怪訝《けげん》そうな顔を向ける。

私は黙って姿勢を落とし、ブーツが踏んでいた小さな礫《つぶて》を掌に招き入れた。最悪の場合だけ考える。今、私はそつなく笑えているだろうか。

するとたーつんは合点のいったような顔で銃を一瞥《いちべつ》し、

「ああ、これか？」

黄色い看板に隠れていた左手を、目の前に突き出してみせた。

「悪かったな、うちのじゃ狙えねーから」

握られていたのは三本足の黒い鳥だった。三羽、いや四羽もいる。カラスのような尖った嘴《くちばし》と、鶏のようにふっくらとした胴体、翼は白鳥のように長く薄い。

「すまねえな。弾、三発使っちまった。本当は一発でキメるつもりだったが」

たーつんは、本当に申し訳なさそうに頭をポリポリと掻く。

誤解が解けた私は、慌てて返した。

「いや、一石二鳥を地で行くの十分やばいから……っ！」

たーつんはその宝石みたいな目をぱっちりと開き、それから俯《うつむ》いて黙ってしまった。彼女の頬には、少し紅《あか》みが差していた。

突然変異鳥の羽をむしり、さばいて大量の塩とその辺に自生している大葉をまぶす。たーつんの手つきは慣れたもんだった。食糧ってのは薄暗い倉庫の穴から、少しずつ減り続けるものじゃなくて、空を飛んできてくれるものだったのか。

皮目がちょうどいい感じにそりかえってきた頃に、たーつんが言った。

「お前の銃、いいな」

チリチリと燃える火の粉を恐れもせず、時計回りで串をひっくり返していく。

「なんつーか、使用者の記憶を引き継いでるみてーな」

私は木の幹に立てかけたライフル銃を見やり、答えた。

「形見なんだよね父さんの。形見っていうか、ワンチャン生きてるかもだけど」

焼き上がって、さっさと口に運ぼうとした私の手を、たーつんが摑んで止めた。たーつんは、湯気を出す肉に息を吹きかけてみせる。なるほど。

「足立区《あだちく》に住んでた」

私が流儀に従って肉を冷ましている最中に、ふた串目を食べ終えたたーつんがそう告げた。

「パパと、ママも一緒だった。農園があったんだ。少ねえけど家畜も。けど町はだいぶ荒れててな、柔道の使い手だったパパも、徒党を組んだ《遠征組》には流石にやられ散らかしてよう」

「それでトーヨコに……？」

こくりと頷くと、たーつんは三串目をとる。

ちょっと急《せ》かされた気分になって、私も咀嚼《そしやく》するスピードを上げた。

「そのトーヨコの仲間も、風邪薬の奪い合いで殺し合いになったけどな。そん時だった。仲間の遺品の中に、おわ君のアクスタがあったんだ。最初は思ったさ。こんなくだらねえもんを作るくらいなら、プラスチックのナイフでも作った方がまだマシだって。でも、配信を見て――」

そっからはわかるだろ、と、たーつんの視線がそう告げる。

私は、どうだったろうか。

父の失踪で失意の底にあった私は、ずっと前にインストールしたアプリを半ばヤケクソで開いた。男の子が歌っていた。銀髪で、ピアスで、可愛い子だと思った。彼を最初に見た時に抱いたのは、好意とは少し違う。この世界にはまだ、誰かに聞いてもらいたいという一心で自分の声を届けようとする人間が、いる。初めて、父以外の人間のことを、怖くないと思えた。

壊し合わない距離感で、節目おわたがそこに実在していたから、私はこれまで生きてこられた。

「まだ食い終わってねえのか？」

「今詰め込む、今詰め込むって」

五本目を平らげ腹を抱えるたーつんが急かしてくるので、私は顎にスパートをかける。火を消して、立ち上がる。そして塩の輪から一歩踏み出した。

「こっからは、頼りにしてるぜ」

「うん」

はたと私は思った。

もしかしたら、まだ世界は終わっていないのかもしれない。実は人はまだ、誰かと殺し合う以外のコミュニケーションをとることができるのかもしれない。

そうだ。

この旅が終わったらたーつんに、友達になってくださいと言おう。

7

基礎を失って潰れたパンケーキみたいになった立体駐車場。ドミノ倒しになった『渋谷センター街』の文字を刻む街灯と、液状化した地面から斜めに生える緑色の『HANDS』

の看板。椎名町や新宿と違い、渋谷はかつての東京の形を多少なりとも残している。

だからだろうか、いっそうの静けさがあった。

「おい。もしおわ君が別のシェルターに移ってたら、お前どうする」

細かく刻まれた呼吸音の隙間に、たーつんの問いが差し込まれる。

「それはない。定期的にＩＰアドレスをトラッキングしてたから」

「やっぱストーカーじゃねえか」

「本当にいいるってこと、感じたくて」

このガチ恋が、とたーつんが小さく言う。

道玄坂に入ると、公道の端に敷き詰められた黒いケーブルが目を引いた。太さはまちまちで、出所を辿ると側溝だったり、旧下水道のマンホールだったり、崩れかけの民家からそのまま引かれていたりと様々だ。

「二十年くらい前らしいな」

うちもよくは知らないが、と前置きした上で、たーつんが言った。

「断線した地下送電網に代わって、シェルターに電力を届けようってことで敷かれたらしい。港区に新設された原発《ゲンパツ》のハブが、ここ《渋谷クレバス》に設置された」

歪《いびつ》に捩《ねじ》れながら重量感を増すケーブルのラバーカバーには、虫食いの一つもない。

街には、生き物の気配がなかった。突然変異の動物はおろか、草も生えない。何かスゴい存在が、命全部を摘《つま》み出してしまったみたいに。

「だが、うちらの電力通貨は増えるどころか減ってくばかり。世知辛い終末ですわ」

「貢げる相手が生きてるだけ幸せだよ」

「ちげぇねえ」

たーつんが、けっ、と笑う。

やがて下り坂の勾配が増すと、日光の角度が落ち視界が急激にひらけた。

「あれだ！」

下り坂の先には、巨大な陥没が見えた。直径一キロ超。穿孔《せんこう》の最深部には黒い水が溜まり、亀裂はかつての地下道に沿って東西に延びている。

《渋谷クレバス》。

まるで大地に開いた巨大な瞳だった。

隣を歩くたーつんが、お前の出番だとばかりにこっちを見る。はいはい。私は地図を広げ、四年前に割り出した位置情報と現在地との照合を始める。

そこからはしらみつぶしだった。

ひび割れた天井から降る砂粒の量で強度を測りながら、床を踏み鳴らして地下空間の有無を確かめていく。圧死するのはごめんだが、虎穴に入らずんば何とやらだ。

七軒目のハズレを悟り、ぐったりとした徒労を感じた時だった。

ふと、屋外を通るケーブルが黒光りするのを見て、私は引き寄せられるように歩いていった。そしてその、砂っぽいラバーカバーへと触れた。

「このケーブル、あったかい」

たーつんの、だから？　という目。睨《にら》んでいるようで、実はただ目つきが悪いだけだってこと、私はもうわかってる。

「つまり使われていた形跡があるんだよ。このケーブル、どこに繋がってるんだろう……？」

たーつんが、ハッとした顔を起こした。

送電網はシェルターから渋谷クレバスへと延びているはずだ。だが、ケーブルはクレバスに向かう前で途切れている。少なくともここからだとそう見える。

ケーブルに導かれ、私たちは二股路を分かつように聳《そび》えるそれを見つけた。

「で、でかい！」

口に出してからだ、息を呑んだのは。

それは、見上げると首が痛くなるような大きさの、巨大樹だった。建物を飲み込んで成長したのか、樹皮のところどころから銀色の塗装と鉄骨が飛び出し、樹冠には『１０９』という文字が浮く。

「こいつがここ一帯の養分を独占してるとしたら、草も生えねえ理由がわかる。だが、このどこにシェルターが？」

たーつんは『１０９』という数字をじっと眺めてから、視線をゆっくりと下ろす。

「シェルター、じゃねぇ……？」

巨大樹の根元。網目状に成長した根の檻の奥深くに、梅干しの種を巨大化したような直径三メートルほどの鉄の塊が、弱々しい青い光を放っていた。

「救難ポッドだ！」

隣から聞こえる、ごくりと唾を飲む音。

幾本ものケーブルが、ポッドの下部へと繋がっているのが見てとれる。このポッドは、ケーブルを通してシェルターに通じている。

やっぱり。ここなんだ。

私たちが日毎《ひごと》、お布施を飛ばした先は。

ダガーナイフで樹皮の繊維を断ちながら、二人の腕力を合わせて根っこの檻をへし折っていく。

ようやくポッドの外殻へと手が届いたのは、日が傾き始めた頃だった。

「おわた……くん？」

ノックをし、名を呼んでみる。返事はない。だが、それも当たり前だ。

救難ポッドは、地震や津波のショックを無効化する耐衝撃構造と、完全な気密性を持つ。宇宙空間に放り出しても平気な代物に、ノックや呼び声が通るべくもない。

外と内を繋ぐ方法はただ一つ。

緊急レバーを下ろし、ジャックにミニ・コンピューターを繋ぐ。こればっかりは自分を褒めてやりたい。私がラーニングした解析ソフトなら、パスワードなんて簡単に破れる。

待っててお和君、今助ける——勇ましくそう心の内で叫んだ、その時である。

頭の中で、れいの警報が鳴った。

でも、不可解だった。

目前に危機などない。このハッチを開ければ節目おわたに会える。彼の問題を解決できれば、また配信が見られる。いいことだらけじゃないか。

「どーしたあみぱん。胃痛か？」

背中から声が飛ぶ。違う。あとは通電スイッチを押すだけだ。こんなロックくらい、四秒あればこと足りる。

足りる、けど。

「おい、手が止まってんぞ。やっぱこじ開けるか？」

「うっさいちょっと黙ってて！」

私は振り返って叫んだ。その剣幕がみっともなくも、激しかったんだろう。たーつんは押し黙り、こちらをただ、じっと見つめる。

頭の中で並べ立てるのは言い訳。あなたの気持ちは百も承知。私だって一刻も早くロックを解きたい。でも、手が動かないんだ。信じられないかもしれないけど、指先が痺《しび》れる。

何かが閂《かんぬき》みたいになって、筋肉の動きを止めている。

「もし」

言葉が流れ出るにまかせ、行き詰まった思考の可視化を試みる。

「もし、ポッドの中にあるのが、ダミーの発信機だったら……？　人間を楽しませるようにラーニングされた、ロボットだったら……？」

たーつんの眉の端が、呆れたように下がった。

そう。昨晩、彼女は話題に上げていた。あの時に一度、私は確認しているはずだ。おわ君が本当の本当にAIである可能性を。たーつんの答えはきっと「それでも受け入れる」だった。そうだと思ったから私は茶化した。

「触れるまでわかんなかったんだよう！」

甘かった。気づけなかった。

その問いが、どれほど大切な問いだったのか。

真にしておくべき覚悟が、なんだったのか。

「IPアドレス突き止めて、座標割り出して……そんなんでさ、興味ないわけないじゃん。私は節目おわたに会いたかった。ずっとずっと会いたかった。ただ！　本当の彼を見るのが怖かっただけ……」

「わかんねーよ。お前の言ってること、何一つ」

たーつんが一蹴《いっしゅう》した。

けれど彼女の瞳に、敵意はなかった。

たーつんの、皮膚のちょっとひび割れた掌が、そっと私の右耳へと触れる。

「けど、お前はそんなダサい服を着て、うちより長い距離を歩いてまで、ここまできた。

このクソみてぇな終末で、それぐらい誰かのことを好きになれた」

見誤っていた。

思いやりを。殺し合い以外で交わされる優しい言葉を。誰かに励まされるってことの力強さを。たーつんが私の肩を、ぽんと叩く。

「お前なら大丈夫だ、あみぱん」

たーつんの右手をぎゅっと握ると、その倍くらいの握力で握り返される。ゴリラかよ。けれど、彼女の過ぎた握力が、私を勇気付けた。

痺れる右手を通電スイッチへと移し、解錠プログラムを実行する。

それから、四秒。

ポッドの開口部が、隙間に詰まった砂を排出し始める。ミシミシと音をたて、やがて扉は、上下に開いた。

長く、艶のある黒い髪を持つ、美少年だった。

歳《とし》は、十五歳前後だろうか。眠っていた。幸せそうに目を閉じ、一糸纏わぬ姿で。

初めて見る、同年代の異性のからだ。けれど私の目は依然として、恥じらいなどかなぐり捨てて、凝視を続ける。美少年は眠る。この世のものとは思えない美貌で。

ただし。

ポッドの中にはもう一つ、い、た。

まだらの入った灰色の湿潤な肉の塊が、浮き上がった骨盤の少し上、少年の背にピタリと腹をそわせ、八本の短い腕を絡めていた。あたかも美少年を背中から抱きしめ、独占するように。

　熱く、いやらしく。

8

　目はちゃんと見えている。両足も体を支えている。大丈夫。倒れちゃいない。けど、息ができない。いや、息はできている。息が速すぎる。やばい。焦点が定まらない。視界がぼやける。耳鳴りがする。

　心臓が、がなる。

「ゆっくりと息を吐け！　息を吐くことに十秒かけろ！　ゆっくり、そうだ。いいぞ。その調子。大丈夫、大丈夫だあみぱん」

　たーつんの声で、正気に返る。とにかく、言われた通り、吐くことだけに集中する。意識の手綱が戻ってくる。そうして私は、もう一度それを真正面に捉える。

　美に取り憑《つ》く、醜悪な異形を。

「こいつは……何!?」

「超クマムシ、それと、おわ君似のイケメンが、一人」

　たーつんが、あっさりと言う。あんたなんでそんな冷静なの？　冷静になれる要素が、今ここに、何か一つでもある……？

ざっ、と、たーつんが私の横を通り過ぎて歩いていく。呆然と見ているだけの私に目もくれず、絡み合う根に足をかけて登り、軽々とポッドの上部へと辿り着くと、中腰になって美少年の頭部を見下ろした。

「触手が、脳に、伸びてやがるな。脳だけじゃない、体にも。そこらじゅうに」

ああ、やめろ。やめてくれ。描写しないでくれ。説明しないでくれ。

これ以上、何も、見たくないってのに。

たーつんはこちらに一瞥をくれ、二度ほど小さく頷くと、再び異形と美少年の節目おわたへと意識を割いた。

「抗生物質漬けにして、幸せな夢を見せてんだな。中心静脈から栄養も供給してる。その代わりに……そうか、脳の活動電位を読み取って、この名無しイケメンの創造性を、映像化して発信してやがる」

「じゃあ、私たちが見てたのって」

超クマムシとイケメンの合作、と――たーつんが言った。

吐き気が迫《せ》り上がってきて、口を押さえた。それでも収まりそうにないので、両手で首を絞めた。喉仏を押さえ、食道を圧迫し、なんとかこらえる。吐き気が引くと、すぐにとめどない咳が出た。足元に唾液が落ちて、小さな汚い池ができた。

嗚咽《おえつ》しながら、再び視線を持ち上げる。

たーつんは木の根に腰を下ろし、作業に耽《ふけ》っていた。

「何、してるの」

ここからだと、何かロープのような細長いものを、超クマムシの背中に押し当てているように見える。

「手当て」

あまりにも自然に、当たり前のことみたいに言うもんだから、私は目を剝いた。

「バケモンに刺さってんだよ、でけえ釘かなんかがな。多分、これが配信停止の原因だ。随分深く食い込んでるから、おら、こうして」

たーつんは一端を釘に繫いだロープを木の根に通すと、もう一端を持ったままぴょんと飛び降りた。釘が少し持ち上がり、隙間から緑色の体液が、やる気のない噴水みたいに吹き出した。

「お前もぼーっとしてねえで手ぇ貸せよ」

たーつんがロープを左手にぐるぐる巻きにし、右手で握り、そうして、綱引きの要領で引っ張り始める。

「……いや、疲れてるよな。大丈夫だ。うちは体力だけはあるかんな。一人でやる。お前はポッドを開けてくれた。あとはうちに任せろ」

ケープからはみ出たたーつんの腕に、青筋が浮く。

たーつんの歯が、ぎりぎりと鳴る。うめき声の一滴さえ漏らすこともなく、全身の筋力を完全に釘を引き抜くことに回しているたーつんのそのけなげな姿が、いっとき私の心を覆った。

だが――結局、想いを留めておくことは、できなかった。

「おかしいよ」

たーつんの両手から、ロープがぴたりと滑り落ちた。

それから、冬のように長い沈黙があった。私に背を向けたまま、やがて彼女は囁《ささや》くように言った。

「うちは、節目おわたを推してんだ」

桃色のケープの下で背骨が隆起し、弛緩する。爽やかな匂いのする風が吹き抜ける。夕日が、彼女の小さな背中を照らしている。

「見ず知らずのイケメンじゃねえ。うちは、節目おわたを、推してんだ」

たーつんは振り返り、たしなめるようにそう言った。

耐えればよかったんだろうか。

飲み込めばよかったんだろうか。

私には、できなかった。

「でも、この子は……寄生されてる。生きたまま……搾取されてる！」

「黙れガチ恋がッ！」

怒声が飛んだ。

「正論を、したり顔で吐くな。お前が言ってることを、うちが考えてねえとでも思ったか？」

「あなたは、じゃあ、何もかもわかってやってるって言うの!?」

「お前は耳を閉ざすのが上手ぇなぁ！　だったら言ってやんよ、バケモンがイケメンを搾取して作り上げたのが『節目おわた』だ。うちらはあのバケモンを肥えさせるためにお布施を送ってた。けどな！」

そこまでの語勢とはうって変わって、彼女の表情は切迫さを帯びる。

「そのバケモンとイケメンが合わさったもんが、うちらの……推しなんだろうが」

それが推しなんだよ、と、彼女は、かすれる声で告げる。

たーつんが祈るような視線をよこす。懇願であるのと同時に、それは問いでもあった。

推しを推すためにどこまでを捨てられるか、私に、訊ねていた。

正直、嬉しかった。

訊ねてくれたってことはつまり、一緒にやっていく気があるってことで。そう思ってくれたこと自体が光栄で、誇らしくて、ありがたくて。私の密かな願いはもうすでに、願いを伝えるまでもなく、その時成就しちゃったんだな、って。

私たちは友達になり得た。

それがわかっただけで、私、胸がいっぱいだったよ。

目を引き絞った。

たーつんにはそれで伝わった。

「そうか。はぁー、そうかぁ。まずったなぁ。こうなるって、心のどっかでわかってた。わかってたから、初手でああいうムーブしたってのに――」

ぐったり垂れた顔面を両手で覆うたーつんは、深く息を吸う。お前なんかと仲良くなるんじゃなかったよ。ボソリとそう告げ、顔を上げる。


警報が轟《とどろ》いた。


初動は同時だった。たーつんが走り始め、私は姿勢を低く落とした。二人の距離は二十メートルと少しだった。たーつんが、靡《なび》くケープから3Dプリンター銃を抜く。私は背中の銃を正面に回し、両手で構える。

真正面で衝撃音が爆《は》ぜた。

私の頭上三十センチの位置を弾が通過していく。撃たれた端から、乳白色の銃は空間に置き去りにされるみたいにたーつんの手元を離れる。

すぐにたーつんが二挺目を抜く。

走る速度は落ちるどころか上がっている。

二度目の衝撃音。今度はもみあげを擦り、ビリビリと鼓膜が揺さぶられる。

私も引き金を引いた。直後。たーつんの右手から3Dプリンター銃が弾け飛んだ。よし！　利き手を潰した！

「撃つの上手いくせに」

　だがたーつんは足を止めない。使い物にならなくなった右手を宙に揺蕩《たゆた》わせながら、左手をケープの中から抜き放つ。三挺目とともに。

　口の端に笑みを浮べ、言う。

「お前は本当ツメが甘ぇな」

　ゼロ距離だった。

　弾が私の胴を貫いた。


　傾いていく空と、近づく地面。

　それらを感じながら、私はいまだ思考の渦の中にいた。

　ずっと、自分に問いかけてきた。推しはまだ生きているか。推しはまだ耐えているか。推しが耐えているから、この人生に耐える意味が生まれる。推しが息をしているから、毒に沈んだ世界でも息ができる。私は画面越しに、一緒に苦しむ節目おわたそのものを見たかった。ああ、私って甘えん坊だな。どうしてたーつんみたいに割り切れない？

　一方通行でも良いから、この、生まれてこなくても良かった体に宿る、両手に余るほどの心の使い道を、自分で決めたかった。

　私は人を愛したかった、というのでさえ、ちょっと違う。

正しくは、きっとこう。

愛せる相手が人であって欲しかった。

背中が地面に触れる直前、受け身をとった。横転し、即座にライフルを構え直す。ぽとりと、何かが腹部から落ちた。３Ｄプリンター銃から放たれた.380ACP弾と、それを受け止め盛大に凹《へこ》んだ正真正銘の金属製のバッジだった。

強度は今、証明された。

唖然《あぜん》としながらも、どこか称賛するようでもある、たーつんのそんな最後の表情を、私はスコープ越しに見た。

＊

こわばる体を引きずって歩き、どうにか救難ポッドの前まで来る。微かに聞こえてくる、超クマムシの呼吸音。中途半端に抜けた釘を今にも内側から押し出そうとする、秘められた生命の躍動。そんな大きな力に抱かれて眠る推し《あなた》は、本当に幸せそうだ。

私はライフルを構え、スコープを覗く。狙うのは円筒形の頭部。

奪う前にもう一度だけ自問する。

推しは、まだ生きているか。誰かを愛する回路は、まだ動いているか。人であり続ける気は、まだあるか。

銃声は、耳の奥に長く残った。

9

鉄の床に敷いたビニールシートへと、枝毛が落ちていく。

嫉妬するほどの艶を持つふわふわの髪の毛は淡い黄金色で、積もった様は燕《つばめ》の巣のようだった。

3Dプリンターで作ったシザーを使うのは、これで八度目だ。最初はまあ酷《ひど》いもんだったが、流石に慣れてきた。この成長率なら、来年にはそこら辺に店を出せるかもしれないな。

「ちょっと、動かないで。じっとしてて。耳切っちゃうよ、耳」

がたん。椅子代わりに使っている木製トランクが揺れた。

「ええ～。この時間、メチャクチャ退屈なんだよなあ」

年頃の男子にしては少し高めの声で、少年が不平を吐く。ここ最近、毎日行なっている、一日一時間の勉強タイム。その開始時と同じように、肩をだらっと落とし、口をへの字に曲げ、彼は目一杯の気だるさを表現する。

「じゃあ、終わったらゲームしよっか」

その一言で、ぴくりと、少年の肩が跳ねる。

わかりやすくて愛《う》い。

「いいよ。タイマン勝負ね。今日こそあみぱんを倒すから」

「ふ～ん。威勢だけはいい。でも私、一ミリも手加減する気ないからね」

少年の肩の毛を払って落とすと、私は倉庫の方からパッケージ入りの薬剤を持ってきた。

先月出た遠征で、八キロ先の薬局からかっぱらってきた代物だ。

「今日もあの痛いやつやるの？」

少年は不安そうな視線を寄せる。

「ブリーチ剤のこと？　ううん、今日はこれだけ」

私がかぶりを振ると、少年は安堵《あんど》に顔を綻《ほころ》ばせる。

私はナイフでパッケージを開き、紫のカラー用シャンプーを取り出した。

艶のある黒髪は、薬剤に浸すだけでは真っ白にならず、どうしても黄ばみが残ってしまう。古いネットのデータを漁ってようやく辿り着いたのが『紫の色味を足す』という方法だった。

シャワー室に行って上着を脱がせ、シャンプーを施す。

その最中、少年が言った。

「ねえ、あみぱん」

「ん？」

首を傾《かし》げる私をしばしじっと見つめてから、

「ありがとう。ここに置いてくれて。色々教えてくれて。嫌いじゃないよ、僕。ここでの暮らし」

途切れ途切れの言葉を繋ぎ合わせると、少年はふいとそっぽを向いてしまう。

「どういたしまして」

そう答え、私は少年の髪へとシャワーを当てた。

髪を乾かしてからゲームをして、嫌がる彼を煽《あお》りに煽って勉強の席に着かせ、スーパー豆苗を炒めて食べ、ハッチから降り注ぐ光が白から紅、紅から深い青へと移ろうのを待って、私たちは床についた。

軋むベッドに彼が寝そべったのを確認すると、私もよじ登って彼の隣に、少し距離を空けて体を横たえた。

私が左腕を差し出すと、少年は腕の上に頭を乗せた。

腕枕で繋がっていれば、どちらかが落ちてしまう心配はなかった。

「ちょっと恥ずかしい」

天井を見つめていた少年はゴロリと寝返りを打ち、私に背を向けてしまう。

「でも、こうしてるのが一番安全だから」

小さくそう告げ、少年のこわばった右肩に右手をのせる。右肩から鎖骨へと、指先を下ろしていく。そこには皮膚の膨らみがあった。バケモノがかつて、触手を挿入していた穴が塞がってできた傷跡である。

傷跡に手を当てると、少年はグッと体を縮め、私の腕の中で丸まった。

「私、いつまでもあなたのこと守るよ」

その言葉に、少年の体が弛緩する。

緊張感が明け渡され、私は彼の体の前で両手を交差させる。私は、自分の心臓を少年の背に押し当て、彼の頸筋《くびすじ》へと頭を埋めた。

シャンプーの匂いと、彼の匂いが混ざり合って、私を包んだ。

「《遠征組》がSUVに乗ってやってきても、突然変異のバケモノが徒党を組んで襲ってきても、何があっても、あなたを守るから」

交差させた腕で、今度は強く抱いた。私より、とっくに身長も体重も大きくなった彼を、独り占めするように抱きしめた。

銀髪を手櫛《てぐし》で梳《す》くと、耳があらわになった。

金属フィラメントで作った電子回路のピアスが、右耳にきらりと輝く。

あれから二年。

やっと私たちはここまで戻って来られた。

少年の心音をこの世で一番間近な位置に感じながら、言うのだった。

「何も心配しなくていいんだよ。おわ君」

完全努力主義社会

1

室内が、静かな熱気に満ちていた。

一人の青年を、国営放送の撮影班が取り囲んでいて、そのさらに周りを病院関係者やファンの人々が固めている。この公開撮影を見学するために、大勢が発券所の前に長蛇の列を作った。ここにいるのはその途方もない倍率を勝ち上がった人々だ。

私もその一人。

彼の勇姿を肉眼でひと目見たくて、彼には内緒でここにいる。

ついさっき四メートルの平行棒歩行を終えた青年は車椅子に腰を下ろし、荒く息をこぼしていた。額に浮かぶ汗にカメラが寄る。

べたつく前髪。ゆっくりと上下する角張った肩。背骨が皮膚を突き破りそうなくらいに尖《とが》って見える背中。

半ズボンと前開きの半袖には、協賛企業のロゴがびっしりとプリントされている。

理学療法士が、別の器具の前へと車椅子を移動させる。

青年の息はなおも上がっている。それどころか平行棒を移動し終えたときより数段苦しそうに見える。しかし青年は、そんなままならない肉体と戦う覚悟を示すように、体位を立位へと移行させた。彼の前に立ち塞がるのは、歩行訓練用の手すりつき階段だ。一段の高さは十センチ。計四段で、最後の一段だけは他の段の倍高い。

今、一歩を踏み出す。

その場の全員に緊張が走った。

青年は、手すりを摑《つか》まなかったのだ。

地面を離れ一段目に乗った左足。青年の顔が歪《ゆが》む。若い男性の腕ほどの太さしかない剝き出しの太ももに、糸のような大腿四頭筋の隆起が走る。これまでの放送でも彼はずっと手すりを用いてきた。それだけでも彼の期待値からすると凄まじい努力係数であり、一日で国民の平均月収を稼ぐことも稀《まれ》じゃなかった。

でも今日は腕を使っていない。膝は、孤独な戦いを強いられてる。

ようやく一歩。肉体を、たった十センチ持ち上げるために要したのは十秒弱。次は右。

筋肉が小刻みに震え始める。

青年は抗《あらが》っていた。位置エネルギーに。肉と骨の重さに。星が命を引く無慈悲な力に。

左足を三段目に乗せ、青年は歯を食いしばる。観客たちの目に涙が浮かぶ。

理学療法士は最悪の場合、つまり転倒した場合に備え沈痛な面持ちで見守っている。

最後の一段に右足がかかる。

延長ポールに繋《つな》がれたガンマイクが、青年の口元を狙う。吐き出される息は嵐のようだった。そこまでの努力を払っても、体をたった二十センチ引き上げることが、彼の右足には途方もなく難しい。

だからこそ、人々は沸いた。

——がんばれ。

誰かが堪《こら》えきれずに言った。それを皮切りにポツポツと声が上がり始める。撮影班は一度はそれを制しようとした。あとで合成する方が演出上都合がいいからだ。

だが抑えられようもなかった。

——いけ、がんばれ英雄。

——あと少しだ。やっちまえスタンドアッパー。

——生きていてくれて、ありがとう。

声を小さな背中に受け止め、彼の両足はついに地上五十センチの頂きを踏んだ。

カノン砲の一斉掃射にも似た歓声の中で、青年は天を見上げる。直後、糸が切れた操り人形のようによろめき、ぐらりと傾いていく。心拍は百七十を超えていたろう。その致死的な脱力を、備えていた理学療法士に支えられる。

私は彼の名を幾度も胸の内で呼び、喝采した。

ノア・ストリクト。

君は私のただ一人の友達だ。でもそれだけじゃない。君はこの国で最も高い努力係数を叩き出す《自己介抱師《スタンドアッパー》》にして、戦争に疲弊した人類の心の支え。

君こそを、人々は英雄と呼ぶ。


半世紀前。Ｍ＆Ｍという敵が、ギガントフィジークの大地を踏んだ。

人類が初めて遭遇する、異星の敵だった。文明を持っているのかすらわからない純粋な害意との、終わりの見えない消耗戦に直面して、この国はこれまでにない選択圧に晒《さら》された。

そして私たちは、努力主義を採用した。

この国ではバースセンターで子供が生まれると、出生状況と遺伝情報の精緻なデータがただちに国庫に確保される。それから生後二日以内に、統合処理ＡＩ《メルクマール》によって社会貢献可能性を示す七十五段階の指標《期待値》が算出される。

私たちの所得は、今や結果ベースではない。

実際に行なわれた社会貢献の結果と、期待値とのひらきを計測し、メルクマールが算出した《努力係数》によって、所得《リワード》は決定されるのだ。

努力主義は保守派の批判通りイノベーションを停滞させたが、他国にはない利益をギガントフィジークにもたらした。すべての国民の力が遺憾《いかん》なく発揮されることで創出される、比類なき国力だ。結果主義社会の掲げてきた『努力は報われる』という理想は破壊され、私たちは――理想を事実へと書き換えた。
ゆえにこの国には『報われない努力』など、なかった。

2

陽の光よりもずっと明るい照明の下を、私は歩いていた。

中央府立療養院の北病塔。三十五階。

三十階以上には重篤な患者が多いぶん、著名な自己介抱師も多い。廊下はしばしば彼らの大事な収入源である個人放送の撮影場所に選ばれるため、院内でありながら一種のスタジオのような美麗さがあった。どこまでも続く象牙のような純白の壁紙は暖光を受けて輝き、歩くものを誰でも聖人みたいに飾り立てる。

本当は私みたいな人間が来るべき場所じゃないんだけどなあ。

そんなことを鬱々《うつうつ》と呟《つぶや》いていたときだった。

クラッチ杖を突いて歩いてくる高齢の女性が視界に入り、私は背筋を伸ばした。

誰かの視線が入った瞬間、量子のもつれが解消されるみたいに私の意識は切り替わる。

すれ違いざまだった。女性が言った。

「あなた、裕生《ゆうせい》人類ね」

その視線は私の顔ではなく、右肩に並んだ勲章へと向かっている。

勲章がある限り、私に個人の名前は必要なかった。

「お願いがあります。必ず西ツイストを取り戻して頂戴。この先、ツイスト・デ・ルージュを飲めなくなるのは、とても耐えられないわ」

女性の目の焦点が私を離れ、遠い故郷の景色へと結ばれる。侵略によって今は失われた、ギガントフィジークの原風景へと。

私は踵《かかと》を鳴らして敬礼した。

「もちろんです。次の戦いで必ずや奪還してご覧に入れます。我が機動外套《きどうがいとう》のカーボンブレードに誓って」

自分の声が、自分の言葉ではない何かを発している。それが馬鹿馬鹿しくて面白い。

でももちろん、そんな感情は唇の端にも出さない。

私のすまし顔は、我ながら、絵画と見まごうぐらい出来がいい。

「ごめんなさいね」

口では謝りながらも、悪びれることなく女性は告げた。

「でも、あなたは選ばれしものよ。だからできるはず。できるに決まってる。期待しているわ」

私たちは、誰もが期待を抱かれ生を享《う》ける。だから期待されるということは、少しも特別なことなんかじゃない。

期待値が意味するのは、できて当然のライン。

息をするように行なって然《しか》るべき、その人の社会的価値の下限だ。

女性が歩き去ってからたっぷり七秒立ち尽くして、私は歩みを再開した。いつものことだ。期待を抱かれるのも。それに応えられるふりをするのも。

三五〇一号室の扉を開けると、目に飛び込んできたのは圧倒的な色彩情報だった。

病室の隅々までを埋める無数の花瓶。煩《わずら》わしいこの頭は、意味がないとわかりながらもその正確な数をすぐに算出してしまう。窓辺に十二個、棚に二十三個、壁際の床に七十二個、サイドテーブルに六個。計百十三個の花瓶に挿された、十九種五百九十九輪の花々。

それらは全てたった一人の《英雄》に届けられた感謝の証だった。

「来てくれたんだ！」

眩《まぶ》しそうに瞳を輝かせる二十四歳の青年へ、私は胸に掲げていた一輪の薔薇を差し出す。

これでちょうど、六百輪。

「ありがとうメルト。大切にするね」

青年、ノア・ストリクトは薔薇を受け取ると、ゆっくりと腕を持ち上げベッドサイドの空瓶へと移した。そこだけ時間の進み方が遅くなっているかのような、ひどく緩慢な動作だった。でも私にはわかる。今日の彼は、とても調子がいい。

私は歯磨き用のコップを使って空瓶に水を注いでやると、椅子に腰をおろした。

それからしばらくは壁にかかった針時計だけが饒舌《じょうぜつ》に時を刻んでいたのだが、

「なんか他人行儀だよ。もっと喋《しゃべ》ってよ」

ノアの膨れっ面に、私は慌てて言葉を紡いだ。

「……ごめん。会えて嬉しいよ」

「なんでそんな声ちっちゃいの」

ノアが首を傾《かし》げる。

「い、いやだって。私みたいなやつが部屋にいたら、空気重くなるじゃん。軍人だし。戦場上がりだし。あっ、血の匂いとかしない？　どうしよう。前髪大丈夫かな。不安になってきた」

また早口になる。また自分を蔑《さげす》む言葉に熱意を込めてしまう。

私は靴から足を引き上げると、踵を椅子の座面にのせて膝を抱いた。できるだけ小さくなりたい。自分の重さで潰れる白色矮星《わいせい》に、妙な親近感がある。

「メルトは本当に心配しいだね」

「……ごめん」

ため息混じりに言うノアの声。そこに軽蔑はない。彼はいつだってそうだ。私のごめんを、ごめん以上の意味には受け取らない。

私はそういう彼の優しさに甘えている。

「ねえ。またあれやろうよ」

彼の視線は、壁際のラックに置かれたボードゲームへと向かっている。

私はボードゲーム《ストラテジー》の箱を取り、サイドテーブルに盤面を広げる。このゲームは重複のない十二種の駒を使う。面白いところは、駒の初期配置を手番順に、自由に決めることができるということだ。

読み合いはもう始まっていた。

指揮官《コマンダー》の駒を、城砦《フォートレス》と近衛兵《ガード》の間に配置しようとした私の手に、ノアがそっと掌《てのひら》を重ねた。

「本気でやってね？」

ほとんど無声音のような微《かす》かな声には、それを破ったら絶交するぞというほどの重みがあった。

真剣に指すこと七分弱。二十三手目。

普通はここからが読み合いの本番という頃合いに、戦いは早期決着を見た。相手の十二駒全てを撃破した私の完全勝利だった。

そしてこれは、理論上の最短勝利でもある。

「やっぱり強いな〜！　勝てる気がしないや」

ノアは笑顔に悔しさを滲《にじ》ませて言う。

二十三手。毎回そうだ。私たちは毎回この手数で勝敗を決する。決まって勝つのは私。今まで三十四回やって、三十四回ともそうだった。ノアが手を抜いているわけでもない。私がズルをしているわけでもない。二人が全力で戦った結果、方程式の解のように必ずその決着に導かれるのだ。

「でも、ありがとう。僕の前でもちゃんと強くいてくれて」

だからこれは対決ではなく、もはや舞踏だった。

あまりにいつも通りすぎて、私はノアと顔を見合わせ笑いを交わした。

「また出撃？」

右手の人差し指と中指、それから左手の小指以外に、若干の麻痺《まひ》があるノアが、駒を何度もつまみ損ねながら、そう訊《たず》ねてくる。

私はストラテジーの盤面を折りたたみ、箱に戻しながら答えた。

「次の作戦には、ブドウ畑の奪還がかかってる。この国の人はみんな水の代わりだとか言ってがぶがぶワイン飲むでしょ？　ワイン不足は、国の総努力係数に関わってくる問題だから。いつも以上に注目されてる」

さっきすれ違った女性の表情が頭に浮かぶ。

あの期待に満ちた目つき。

「でも注目されるのは苦手。私にはできっこないって、いつも……」

「いつも、ありがとうメルト。M&Mと戦ってくれて。世界を救ってくれて。生きて、帰ってきてくれて」

ノアはそう言うと右手を持ち上げ、少しだけ身を乗り出した。自分の頭より高い位置にまで腕を持ち上げることは、彼にとっては決して楽な仕事ではない。

おぼつかなく宙を彷徨《さまよ》った右手は、ノアの呼吸を荒くすることと引き換えに、私の頭へと軟着陸を果たす。

「よしよし。メルトはえらい」

そしてノアは、わさわさと私の髪をゆする。

「この世で一番えらい十九歳の女の子だよ」

太陽が雲に隠れ、部屋が陰った。それでもノアの表情だけは明るさを失わなかった。それも当然の話だ。彼はそのひた向きな精神と心根の明るさで、この国で最も稼ぐ自己介抱師になったのだから。

くすぐったいっていう顔をして、私は頭を彼の掌から退ける。本当はもう少しされていたかったけど、私のようなものに触れさせておくのも悪いなと思ったのだ。

「ノアはさ、注目されて怖くないの？」

自己介抱師《スタンドアッパー》。

文字通り、自分を治す役目を負った人。そしてそれは、役職の名でもある。

ノアはこの入院病塔から一歩も出ることなく自己介抱《リハビリ》をこなすことで凄まじい努力係数を叩き出し、途方もない額のリワードを得ているのだった。

「努力係数ってのが僕らみたいな弱い人間を守るシステムだってこと、本当はよくわかってる。でも同じぐらい誇らしくも思う。誰かが背負うべき宿命を、他でもないこの僕が背負えたってことを」

ノアが、照れくさそうに告げる。

「どうしてそんなに強くいられるの」

彼は微笑《ほほえ》みとともに答えた。

「強くあることくらいしか、できることがないからさ」

3

耳の後ろの方で、甲高い接敵警報が鳴っていた。

本当の音ではなく、神経信号を読み取る電気枕が、うなじから視床に割り込ませている擬似音響だった。擬似情報は音にとどまらず視界の左下には仮想のソナー、右下には努力係数カウンターが浮かんでいる。

機動外套。

アタッチメントを四肢に装着することで内から操作する、全高二メートル四十センチの機械式の甲冑《かっちゅう》。そんな機動外套の戦術補助システムによって拡張された五感が、噎《む》せかえるような血と火薬の匂いによって、研ぎ澄まされる。

私は己の四肢の延長として機能している、自分の腕の十倍ほどの太さのある鋼《はがね》の右腕をグッと握り込み、刃渡り二メートルを超えるカーボンブレードを横薙《よこな》ぎに払った。

対するはM&M――体長三メートル、平均体重七百キロの怪物。全身を筋肉の鎧《よろい》に覆われていて、頭部がない。上下の概念もない。

言うなれば『直立するムキムキの巨大ヒトデ』。

M&Mの隆起した筋肉の鎧に、刃が沈み込む。浅い。私は食い込んだブレードの峰に蹴りを入れ、無理やり刃を通した。

切断された筋肉の塊がスクラップになった味方機の上に覆い被さる。ソナーの正円から、赤い点滅が一つ消える。これで友軍の青い点灯が二十と、敵の赤い点滅が四十二になった。私の努力係数は0のまま動かない。

直後、青い点の一つが蠟燭《ろうそく》を吹き消したみたいに失せた。機動外套は感覚補助を行なっている。だからつぶさに聞き取ることができた。四時方向、二百二十メートル先にいる味方が頭部を砕かれるその最後の瞬間、誰の名前を呼んだのか。

見たくないのに、危機を察知した機動外套が視界を勝手にズームに切り替えてしまう。奴らは、何度も何度も、殴りつけていた。殴りつけているのは、機動外套から引っ剝がした人の体だった。何度も何度も、骨と肉がどろどろに混ざるまで殴りつけ、出来上がったスムージーを両手で掬《すく》って、腹部にぱっくりと開く口へと流し込んだ。

拳が咀嚼《そしゃく》機能、物理的消化の役割を担っていた。

食事を終えたM&Mが、顔を上げた。瞳のない顔で、やつは私を見ていた。怖気《おぞけ》が走った。奴らは人を「エビ」みたいに食べる。丸ごと砕いてビスクのようにして味わうのだ。

恐怖が、胸元まで迫《せ》り上がってきていた。

息が苦しかった。

死にたくなかった。あんな死に方は嫌だった。

恐ろしく足の速いやつが、食事を終えたその個体の後方から十体近くを引き連れて来ていた。私は二百メートルほど前進し、崩されかけている右翼のカバーに入った。戦果は私一人で五体。それでも努力係数に増減はない。それどころか、青い点灯がまた一つ消える。まずい。味方のやられる速度が、速すぎる。

無理だ。

思考がその三文字で埋め尽くされる。動けなかった。恐怖に溺れ、私は止まった。右翼の前線位置で、鼓動を鳴らすだけの楽器になり果て、私は完全にスタックした。

――こちらロウスリー。プルワン、応答願う。

無線連絡は、復号に失敗した圧縮音声みたいにノイズまみれだった。

識別番号からすぐに顔が思い出される。ショー・デクライン軍曹。期待値は63で、右翼の指揮を任されている五十二歳の男だ。十二歳の、双子の娘がいる。

――右翼の被害甚大。プルワン応援に来てくれ。

声が、音に分解されて、耳を素通りしていく。

自分の呼吸音がひどくうるさかった。いつの間にか機動外套が血中二酸化炭素濃度急激低下の警告音を発している。呼吸数を落とせ、さもなくば失神するぞ。眼下にさも「ヤバい」という感じの赤のテロップを入れ、なんとかマヌケな操縦者に気付いてもらおうと、必死に訴えている。

いや、違うか。

機動外套は心配なぞしていない。そうではなく、こう言っているんだ。

『お前は裕生人類だから、勝って当然のはずだ。

なのになぜもっと動けない？　なぜ味方を守れない？』

M&Mが目視可能圏に入る。

——こちらロウスリー。おい、プルワン。なぜ黙っている。

奥歯に力を入れる。脳が破裂する寸前まで息を止める。私は黙るしかなかった。理由は、これでもかっていうぐらい単純だ。

自信がない。

私にできるはずない。普通に考えて無理だ。まだ十九年しか生きてないのに。どうして私が？　答えが出ない問いほど叫びたくなる。本当は軍になんて入りたくなかった。大学に行って音楽をやりたかった。管楽器が好きだ。弦楽器よりも長い歴史があって、無骨な感じがするから。子供も好きだから、音楽で食っていけなくてもベーシックスクールの先生として教えられたら、それが私の幸せなのかなって。

そんな淡い夢を、この身に託された大きすぎる《期待》が消し去った。何が期待値だ。何が裕生人類だ。私は強くなんてない。体がどれだけハイスペックだろうと、私は結局、臆病なこの私でしかないのに。

怖いよ、ノア――。

肉声と共に、直後。真横からの衝撃によって私の機動外套は横倒しに吹っ飛ばされる。

「プルワン！」

M＆Mじゃない。

識別信号はロウスリー。

「俺の顔を見ろ！」

私を突き飛ばした味方機は片腕と頭部装甲が消失し、デクライン軍曹の血まみれの髭面《ひげづら》が外気に曝露《ばくろ》されていた。

「あんた一人のために、期待値50台の人員がダース単位で削られてる。戦場に出ていい裕生人類は一人だけ。つまり、あんたにできないなんて言う権利はない」

デクライン軍曹は生身の声を張り上げ、残った方のアームを私の機動外套の腰部装甲へとぶつけた。

腰部装甲は機動外套の構造の中でも最も厚い。仲間内でどつきあうにはぴったりの場所だが、衝撃は律儀にフィードバックされる。

ヘッドマウントのクッションの中で私の頭は跳ね回った。

「お願いだ、《英雄》を少しでいいから見習ってくれ。彼は期待値1だ。それでも直向《ひたむ》きに己の体と戦い続けてる。いいか。彼は期待値1なんだ」

デクライン軍曹が、私の胸部装甲を引っ張りあげ、絞り出すように言う。

「お前は人類の最高傑作なんだろ？　自分が何者か思い出せ！」

時折、息の吸い方を忘れることがある。

空と大地の方向を、見失うことがある。

そういうときに私は目を閉じ、きまってある記憶を手繰り寄せる。奇跡を起こしたあの日、齢《よわい》十の私は恐怖というものを知らなかった。私が人生で一番裕生人類らしかった瞬間。ビギナーズラック。蛮勇。呼び名はなんだっていい。

私は自分の起こしたその奇跡に触れ、そして自分が何者かを思い出す。

目を開けると心は、十九歳の器《からだ》に戻っていた。

「うらあああああ――」

吐き出したのは獣の叫び。

カーボンブレードを両手に展開し、走り出す。

味方の残骸を二機飛び越えた先に、一体。重力加速度を味方につけ、筋肉のダルマを一刀両断にする。真っ二つになったM&Mはそれぞれ別方向に四歩ケンケンし、べしゃりと倒れる。ざわつく無線。誰かが言った。裕生人類がようやく起動したと。

続けて、左右から迫って来た二体を横薙ぎに切りつける。ブレードの血を払う。ソナーに映る赤い点が二つ減る。敵側の脅威判定が更新されたらしい。右翼側に集中していたM&Mたちが私の方へと流れ込み始める。

それでいい。手間が省ける。

かかってこい。

体が、異常なほど軽かった。ブレードは水面を切るサーフボードのように滑り、M&Mの太い筋肉の束をものともせずぶった斬った。敵がどう動くかが、考えずともわかった。それは体が知っていた。私は自分と機動外套とを隔てる境を喪失した。体が常時最低コストで敵を撃滅する中で、頭は、あなたのことばかりを考えている。

ノア・ストリクト。

「――くたばれヒトデ野郎！」

血を浴びて叫ぶ、心の中はシンプル極まりない。

帰ったらまた、よしよししてもらうんだ。

4

夕日に染まった会議室で、乾いた拍手の音が鳴っていた。

褒賞《ほうしょう》の場であるはずなのに、室内はうすら寒かった。

「ご苦労でした。メルト・トライセット軍曹」

質素な椅子に座る老いた女性指揮官が、感情を表に出さない視線をこちらに向けている。

彼女の側に座る他の五人の副官たちも俯《うつむ》き気味で、軍帽のつばが作った影に、巧みに表情を隠していた。

「先の西ツイスト奪還。敵兵站《へいたん》の壊滅と、こちらの軍備拡張。双方成す、凄まじい戦果でした」

戦いがあったのは、五日前のことだ。

結論から言うと、奪還は成功だった。私が切り殺した異星人の死体は、今はスパイスと一緒に混ぜられこねられ、下町で売られるハンバーガーのパティになっている。

「もっともあなたの期待値では、さほどよい努力係数には当たらないでしょうけれど」

「恐れ入ります」

私は一礼し、五日前まで滞在していた戦場のことを思い出す。

西ツイスト高地には、ギガントフィジークの原風景、雪化粧をした山脈を背にした穏やかで肥沃《ひよく》な平原が広がっている。

はずだった。

ブドウ畑は跡形もなかった。M&Mが、彼らの食糧となる作物《パンプ》の耕地へと変えてしまっていたのだ。恐ろしく高タンパクな灰色の実をつけるが、土地の窒素を根こそぎ奪う異星の植物は、撤去した後も土地に不可逆的な汚染を残していく。

取り戻しても結局、ワイン造りは再開できない。

いや――。それもちょっと感傷ぶった考えかもしれない。もし土地の汚染がなかったとしても、ブドウを作ることはなかったろう。この国にはもう、嗜好品《しこうひん》作りに期待値を割くほどの体力は残っていないのだから。

「では、本題に入りましょう」

指揮官は静かに書類をめくり、私と、机の上の書類とを交互に見ると、そこで一度言葉を区切った。

私はふと気づく。会議室のうすら寒さは、暖房費の節約のためだ。いつからだろう。組織の高官たちの顔から、余裕が消えたのは。

「先に謝らせていただきます。ごめんなさいね」

私は顔を逸《そ》らしたかった。なんとか感情を殺そうとしている指揮官の眉が、苦渋に歪むのを、あまり見たくはなかったのだ。

「あなたを、次の《オールアウト》に推挙しました」

驚かなかった。

内心ではどうして、とか、なんで私が、とか喚《わめ》いているけれど、あいにく私はその場に適した笑顔を作ることにかけては一流だった。

オールアウト戦は、最高難度の戦略行動を意味する。ギガントフィジークの兵力を一点集中し、敵本陣を叩く総力戦。歴史上には、二度の実施記録がある。一度目は単純な兵力不足によって、そして二度目はもっと複雑な理由によって破綻した。

「《メルクマール》をあなたに、補佐としてつけます」

私は冷静に反駁《はんばく》した。

「そんなことをしたら、この国の経済がもたないのでは」

指揮官の答えは予測できた。けれど私は裕生人類として言わねばならなかった。わかりきった答えを知るために、手続き的に上官に向かって訊ねることもまた、私に期待される使命だった。

「あなたの操る主要一機に、メルクマールの制御下の機動外套千二百七十四機を追従させます。メルクマールはあなたから学び、あなたを中心にフォーメーションを組みます。これが最も確実な方法です」

二十五年前に行なわれた史上二度目のオールアウトでは、三十名の裕生人類が投入されたそうだ。けれど突出した能力同士は相剋《そうこく》し、この国はいたずらに二十人近い裕生人類を失ってしまった。だからたった一人の裕生人類に委ねるという考え自体は、ずっと昔からあったのだろう。

あまりに非人道的すぎて、誰も実行に移さなかったというだけで。

「もう私しか、いないということですね」

自分の口から吐き出される言葉の冷たさに呆れる。心なんてないみたいに振る舞えることの器用さにも。

2から74の期待値には、同一数値内の細分化がなされている。社会貢献度とは別に向いている仕事が二十のグループによって大別される。けれど期待値75の人間には、どんな産業でも最高の貢献が見込まれるので、細分化が適用されない。

いずれこうなると私はわかっていた。

裕生人類は、その時代で最も困難な使命を割り当てられる。

たまたまそれが今の時代、国を守るために命を賭すことだったというだけの話だ。

一番言いにくい部分を私がわざわざ口に出したからか、指揮官は少し肩の荷が下りたような顔をした。

「あなたには本当に申し訳ないことをしていると思っています。一人の人間が背負うには大きすぎる宿命。ましてや十九歳のあなたが。だから私を含めて、我々は、こう考えています」

副官たちが一斉に顔を上げる。

皆、同じ表情だった。

「あなたは人間ではなく、あなたは裕生人類だと」

耐えているように、私には見えた。今にも私の膝に縋《すが》って泣き、許しを請うてしまわないように。せめて自分たちが残虐無比な命令を下す、許されざる理不尽としてあり続けられるように。それだけが自分たちに期待される姿だと信じてやまないように。

指揮官が重い口を開く。

「言いたいことがあったらなんでもお話しください。次の戦いに勝っても負けても、あなたは一生分のリワードを得て退役します。生還すればですが。私たちがこうして顔を合わせるのも、これで最後になるでしょう」

「指揮官、では一つだけ」

太陽が山に食われ、じき濃い紫の時間が訪れる。電気代を使わせてしまうのも悪い。私は彼女を正面に捉え、早口で言った。

「私には自信がありません」

指揮官は首を傾け、笑顔を作った。

「いいえ、奇跡を起こしたあなたになら、できますよ。そうでなければ私たちが滅ぶだけのことです」


幾つの時だったろう。夜中にカーテンのすきまに幽霊を見ることがあって、眠るためにはお気に入りのぬいぐるみが必須で、歯磨き粉はブドウ味の甘いやつを使っていて、まだ、ブロッコリーが苦手だった頃。

私は初めて、機動外套をまとった。

百五十センチに満たない体には到底アタッチメントが合わず、お腹に大きな穴を開けて倒れている兵隊からジャケットを剝ぎ取って、それを何枚も重ね着して、なんとか腕の太さを誤魔化したという記憶がある。

アタッチメントを四肢に固定し、首筋を電気枕に預けた瞬間——あらゆる機器は、私に屈服した。

機動外套の直立起動には、どんなに優秀な新兵でも三ヶ月はかかるということを知ったのは、軍に入ってからだ。当時の私はとにかく必死だった。他の人がどうとか、友達がどうとかは頭になかった。

敵のことだって、教科書の中でしか知らなかった。

五十年前、突如、南極と北極の上空に出現した超次元ゲートを通り、人類に対して侵攻を開始した全長三メートルぐらいのヒトデみたいな敵が、鎧のように発達した筋肉から《モストマスキュラー《Ｍ＆Ｍ》》と呼ばれていること。

Ｍ＆Ｍと対峙《たいじ》するために組織された国家連帯軍が敗北を喫して二十五年。各国はそれぞれが独自の自衛手段を追い求め、ことギガントフィジークは外骨格《機動外套》を主戦力にして対抗していること。

そしてＭ＆Ｍとの対話は、現状では、不可能だということ。

頭にあったのはそんな、最低限の前提知識だけ。

なぜここバルクバレーにＭ＆Ｍが現れ、なぜここまで軍の到着が遅れたのか。一緒に襲われたベーシックスクールの教師と友達の中で、何人が生き残ることができたのか。そんなのは本当にどうだってよかった。

ただ自分を生かす。

そのために、できることをできるだけ、やる。

私は味方機の残骸からカーボンブレードを奪い、両手に握った。そこで記憶は途切れている。気がつくと私は、十三名の即席小隊の先頭に立っていた。周りには死屍累々《ししるいるい》の長城が築かれ、私の機動外套の両腕部は内部のモーターにまでM&Mの肉片がこびりつき、満足に曲げることもできない状態だった。

実に二千二百四十秒の稼働だったそうだ。普通だったら脳が焼き切れていると精密検査をしてくれた医師が言っていた。《バルクバレーの奇跡》――のちに歴史に刻まれ、裕生人類の驚異的活躍譚として広く知られるようになるその名は、国営放送のいち記者が使い始めた言葉らしい。奇跡の歴史にメルト・トライセットの名はない。事実を知るのは軍の上層部だけ。私の中にさえ勝利したという記憶の輪郭があるだけで、その過程は固く閉ざされている。それでも私は、頼るべきものをこれしか持っていない。私が抱きしめているのは虹色に輝く期待じゃなくて、血塗られた事実だ。

私には、それができた。

事実だけが、寄りかかる私の体重に耐えられる。

5

車椅子の黒いグリップを握って、私は微かに傾斜のある道を上っていた。

視界の端に入ってくるのは、半分ほどが空き地になった市場。開いている店も軒並み商品が減るか値が釣り上がるかのどちらかで、店先では屋台主と仲買業者の熾烈《しれつ》な舌戦が繰り広げられている。

特に青果は高騰しているらしい。流石《さすが》に青りんご一つで雌鶏一羽と交換というのはぼったくりすぎると思うけど。

なんでも土地が減るたびに耕地が穀物用に徴用されるので、供給量が激減しているようだった。

戦場に出れば土地を奪還できたかできなかったかの、二つに一つだ。畑を耕すことは私に期待された使命じゃない。それに食費がなくなっても兵舎に行けば、兵士は飢えを満たすことだけはできる。

だからこそ私は今、改めて思い知る。

街一番の市場で、これか。

「どうしたのメルト。考えごと？」

車椅子のハンドレストにアタッチされた日傘の下から首をのぞかせ、ノア・ストリクトがこっちを見上げている。

「いや、ええと」

正直に言えば、頭にあったのは次の作戦のことだ。

決行は一ヶ月後。これが三日後とかならまだマシだった。家に帰って風呂に入って読みかけの本を最後まで読み進めれば、勝手に流れていってくれるから。

私はつとめて笑顔を作る。

「珍しいなと、思って。ノアみたいな有名人が、外に出るなんて。その、私なんかと一緒でよかったのかなって」

さっきからちらりちらりと、どこからと言わず視線を感じる。そんなことないとわかっていても、それら全部が叱責みたいで私は顔を上げられない。

「たまたま外出許可が出たからね！」

ノアが相変わらずはきはきと答える。

外出許可は一ヶ月に一回出るか出ないかだ。彼は職業として自己介抱師を務めているが、病院はあくまで病院として彼に接し、彼の行動を制限する。もちろん病院の制限を破ることもできる。でも自己介抱師は、使命に従順に、自らの体を治し続けることこそを求められる。

そして期待値1の人間には、裕生人類と同じように職業選択の自由がない。

「ほら僕ってさ、陽に当たったら皮膚が爛《ただ》れちゃうし、自分で歩くこともできないし、指先にも痺《しび》れがあるでしょ？　だから自己介抱以外にできることが本当にないんだけど」

病室にいる頃と何も変わらない朗らかな声だ。

曇天のくせにそこだけ陽が差しているみたいで、ちょっとずるいと思った。

「でもね、僕には今密かな夢があって、これはその下見みたいなものなんだ」

ふふん。鼻を鳴らすノアは手元端末で地図を調べていて「次の角を左」と指示をくれる。

その通りに曲がると、そこに現れたのは——扉から屋根まで、窓以外の全てが黄色く塗られた、鮮やかな二階建てのビルだった。

ニコラエッグ。

看板に書かれた文字を読み取る。

中には階段と、関係者以外立ち入り禁止の扉が見えた。一階がフロアごと厨房《ちゆうぼう》のようだった。入り口で待っていると外装と同じイエローのコスチュームを纏《まと》った店員さんが下りてきて、車椅子の車輪に視線を向けた。

「……うちはエレベーターがないんですよ」

店員はあたふたして、手元端末でマニュアルを確認し始める。

私は業務的な笑みを作り、言い切った。

「構いません」

ストッパーを下ろした車椅子の横にしゃがみ込むと、背もたれとレッグサポートの裏側に手を入れ、踏ん張りをきかせて立ち上がった。

「えっ車椅子ごと……!?」

ノアが恥ずかしそうに言うのにも耳を貸さず、私は木の階段を一歩一歩確実に上っていく。私が上り切るまで、店員さんは呆然《ぼうぜん》と階段を見上げていた。

右の車輪から車椅子を床に下ろすと、私も席に腰を下ろした。

「ありがとう」

ノアが微笑みをくれる。うわぁ眩しい。日頃日光でも蓄えているんだろうか。ぴかぴか光って見える。ただ筋肉を使っただけにしては勿体《もったい》ない対価だな。

両隣には若いカップルと女性の三人組とが控えていた。私たちが席につくその一瞬、口数がはっきりと減った。そして《英雄》の話が話題に上り始めたことを、私の浅ましい鼓膜が捉え始める。

ふと思う。

私は彼女らにとって『何』だろう。

ノアの雇ったヘルパーだろうか。それとも護衛とかを想像されているのだろうか。いや……番犬？　確かに私の身長は百七十を超えているし、体格も人並み以上にあるからなんと言われても納得できてしまうな。

注文をしてからの待ち時間で、私たちは話をした。北病塔の医師と看護師が付き合ってる話とか、ノアの個人放送に沸くアンチのこととか、参謀と副官がしている不倫のことか、接敵時にたまに観察できるＭ＆Ｍ同士の筋力比べ《マウンティング》のこととか――。

他愛もない話だった。

他愛もない話をすることで私は、この正方形のテーブルを挟んだ五十センチの距離に74もの期待値の開きがあるという事実を、ねじ伏せられるつもりでいた。

そうやっているうちに私たちの目の前に、金の輪で縁取られた浅い陶器皿が運ばれてくる。オレンジ色にコーティングされた艶のある米と、その上にバランスよく載ったラグビーボール状の黄色い塊。

オムライスだった。

恐ろしく形が整っていて、バターと微かなトマトの香りを漂わせている。

店員さんはナイフを取り出し、その場でオムレツ部分を開いてみせる。芸術的なぐらい浅く火入れされた皮の切れ目からどろっとした中身が溢《あふ》れ出し、自重に負けてチキンライスの丘にゆったりと寝そべった。

「うわああ」

ノアは手元端末で写真を何枚も撮り、続け様にインカメラで自分と料理とを一緒に写すと、興奮を隠せない調子で言う。

「すっごい。見てこれ」

立ち上る湯気を浴びて、彼は眉を目一杯持ち上げる。

驚くといっても、そのリアクションは一般人に照らせば薄い方だ。感情は、外に出ようとするとき、体から一定の体力を奪っていくから。

「黄色いよ！」

だってオムライスだもん、と——私は声を呑《の》む。

ノアはまるで未知の生物にでも出会ったみたいに、ソースのかかった半熟の卵をスプーンで突く。しかしスプーンは指先から滑り落ち、からんと皿を叩いた。

彼はそれを拾い、持てる握力の全てを行使してチキンライスを切り崩し、口に運んだ。

「おいしい」

こっちが見ていて嬉しくなるような笑顔だった。

スプーンは幾度も皿を叩いた。そのたびにソースが跳ね、テーブルクロスを汚した。他の客は甲高い音に一度は目を鋭くするのだが、彼のその健気さにより、すぐ怒りを収めた。

「鶏卵も手に入りにくくなってるから。今日来られて本当に良かったよ。ごめんね、スプーン何度も落として。それにしても、どうしてこんなにとろとろにできるんだろう」

店員さんに訊《き》いたら作り方教えてもらえるかな、と続けて呟く。

「ノア」

本当はもっと頃合いを見るつもりでいた。

でも待っていたら、そんな機会はついぞ訪れない気がして、仕方なかった。

「オールアウトに行く」

口に出してしまえばもう後戻りできなくなるとわかっていたから、口に出した。でも言葉自体は意外なほど質量がなくてびっくりする。

オールアウトは、ベーシックスクールの一年生でも知っているような言葉だ。表向きは、最も栄誉ある戦い。真に意図されているところは、生還者のいない戦場。

意味の重みは後からやってくる。私はオムライスの真ん中に刺さってチキンライスをむき出しにしているスプーンから手を離し、両手を膝の上に引き戻した。

静かな咀嚼を続けるノアを正面に見据える。

「でも、私！」

胸がテーブルにぶつかり、ガタリと揺れてコップに波紋を作る。

膝の上の掌が、骨と筋肉の塊へと変わる。

「……あなたを生かすためなら、死んだっていい。あなたのためなら私は、頑張り抜けるから！」

ノアの目が、わずかに見開かれる。

捧げられるなら、本望だと思った。

こんなに清く美しい心の人を守れるなら、自分の命なんて霞《かす》むと思った。いっそ霞んでほしいとさえ思った。

ノアはスプーンを置くと口を開きかけ、何度か呑み込んだ言葉をついに、押し出すように言った。

「ひどいこと言うんだね」

車椅子のストッパーを外し、ノアはテーブルを押して後ろへ退いた。

「今日は僕、帰るよ」

「ま、待って！」

私は慌てて立ち上がった。コップが倒れ、オムライスが水浸しになる。

伸ばした手を打ち払うように、ノアの浅い声が響く。

「触れないで」

彼がゆっくりと目を閉じ、次に見開いたとき、そこには海の底のような闇があった。

6

両手いっぱいの花をもらってベーシックスクールを卒業した十二歳の春のこと。私はパパと一緒に、真っ白な廊下を歩いていた。

病気知らずだった私が中央府立療養院を訪れたのは、記憶の中ではそれが初めてのことだ。

私の手をぎゅっと握り、一歩一歩を踏み締めて歩くパパは、これは軍に入るような期待値の高い人間にとっては通過儀礼みたいなものなのだと話していた。

同時に、パパとして果たす最後の役割になるのだとも。

仕組みを知っていたから、そんなに怖くはなかった。私たちは国営のバースセンターで、期待を抱かれ生を享ける。国民から集めた遺伝子の機械的交配によって多様性を付加された私たちはベーシックスクールで十二年育てられ、その間だいたい三十人で一人のパパを分け合う。

パパは子育てのプロだから、基本的には一人の子供に肩入れしたりはしない。

だからその日は嬉しかった。二人きりのお出かけの日があるなんて、考えたこともなかったから。

「ねえパパ。どうしてここに？」

パパは覚悟していた瞬間が訪れたみたいな顔をして、ゆっくりと話し始めた。

「子供たち全員を、君のように優れた人間にすることは、本当は今の技術でも不可能ではないんだ。それは短期的に見れば確かに利益がある。けれど長期的に見れば人類の脆弱性《ぜいじやくせい》を高めてしまうことが、研究でわかってきたんだ」

「何がすぐれているかを決めるのが、時代にいぞんしたかちかん、だから？」

私は咄嗟《とつさ》に頭に浮かんだ言葉を並べ立ててみる。

意味を深く理解できていない単語でも、どこにどう置くべきかは体感覚でわかった。

「優秀すぎるのも困りものだね、メルト」

パパは苦笑いして頭を撫《な》でてくれた。

くすぐったくて私は首を振るけど、パパはなかなかやめてくれなかった。

「君の孤独は、多様性のいけにえだ」

パパが立ち止まったので、私も足を止める。

「――でもそんなの、あんまりじゃないか。だから、これから君に起こるであろうたくさんの辛いことを少しでもマシにするために私は、君をここに連れてきた」

それは初めて見る奇妙な場所だった。透明な壁に覆われた、寝室のようなクリーンルーム。普通より大きなベッドの上には私よりいくつか歳上に見える、ひどく痩せ細った少年が寝ていて、立てた右足を別の男の人に折り曲げられている最中だった。

「できないの？」

パパはゆっくりと頷《うなず》くと、

「うん。でもそれは彼が望んで背負ったものじゃない。背負わされたものなんだよ」

「じゃあ私と一緒だね」

そのませた受け答えを、パパはどう捉えただろう。

少なくとも悲しんではいなかったと思う。

透明な壁の部屋にはベッドごと出入りできる大きな扉があって、私を招き入れようとしているみたいに開いていた。

パパは私の背に手を当て、そっと圧をかけた。同年代の友達と話が合わず、遊びの輪に入れなくていじけていた私の背中を押したときと同じような、柔らかな圧だった。

私は部屋へと踏み出した。

そして私は、その少年と出会った。

ベッドに仰向けに横たわる少年の両足は生きているのが不思議なくらい痩せていて、薄い枕に耳を預けこちらを向いて美しい青の瞳をまんまるく見開いていた。彼は一瞬私に意識を割くと、すぐに天井へと視線を戻し、右足を持ち上げようと試みる。

腰の高さから四十センチほど浮かせた先に待ち構えているのは、理学療法士の無慈悲な掌だ。

理学療法士に押し返され、それでも少年は足を、なんとか持ち上げようとする。

少年の胸が、激しく上下し始める。

目元がきつく引き絞られ、口元が震えを孕《はら》む。

場の空気が、彼の心臓から湧き出る切実さによって支配される。

それは体との壮絶な戦いだった。彼に負荷を加えているのは本当は、理学療法士の掌なんかではなく、彼自身の宿命だった。

気づけば私は声さえ出せないでいた。

震えはとっくに両手へと伝い、呼吸は彼の心音と同調するように昂《たかぶ》っていた。

私は、パパがここへ連れてきてくれた意味を理解した。同時に、身に余る期待を、何のために授かったのかを。私は、守るために力を授かったのだ。この、あわく輝く美しい命を、守るために。

「あ、あの！」

私が声を上げる。

少年は孤独な戦いを――自己介抱を続けながら再び頭をこちらに回す。

「私はメルト・トライセットです。なまえ、なんていうんですか」

少年は苦痛の中に、笑顔を捩《ね》じ込んで答えた。

「ノア」

必死に酸素を求め、気管支をヒュウヒュウと鳴らしながらも彼は、目を輝かせて訊ねた。

「君って、ストラテジーできる？」

7

ブラインドの隙間からは、青白い光が差し込んでいた。ぼやける視界をカレンダーに合わせる。出兵まであと十日。あれから二十日が経った。

昨晩飲みきれず放ったらかしていたハーブティーの水面が揺れていた。いや、揺れているのはマグカップだけじゃなかった。木枠にはまる窓ガラスも、一枚ずつしかない食器も、音を立てている。私はベッドから這い出し、ブラインドを引き上げた。薄青色の街並みの背景には黒々としたきのこ雲が見えた。

M&M警報は鳴っていない。

つまりあれは、隣国の戦火だ。

他国の亡滅を知るのは、初めてのことじゃない。この五十年間で、国家連帯軍の加盟国の半分は消滅した。私たちの敵に、植民という発想はない。土地はパンプの耕地に変えられ、人は皆スムージーになってヒトデ野郎の胃袋に収まった。けれどそれは国営放送のキャスターの読み上げる文面での話。滅びゆく様をじかに目にしたことなどなかった。

今度ははっきりと爆発音が耳に届き、胃の腑《ふ》を転がすような振動が背骨を伝った。ひとつ目からそんなに離れていない位置に、ふたつ目が上がる。

空気を通して伝わる崩壊のリアルに、私は、ようやくこの二十日間の沈黙について、後悔する機会を得る。

あの日――ノアの拒絶に気圧《けお》されて店を出てからの私は、本物の役立たずだった。彼の身を案じながらも、彼と目を合わすことを恐れ、家に引きこもってただ国営放送の伝える戦況報道を眺めるばかりだった。

望めばこの二十日で、どれだけの言葉を交わせた？

何局ストラテジーを指せた？

自宅を出てヘルメットもつけずに二輪のエンジンをかける。見込みもないのに体が勝手に動いていた。制限速度を無視して、いつも以上にひとけの少ない公道へと飛び出す。市場に人影はなく、食料は配給制に移行していた。朝っぱらだってのに駅にはもうデモ隊が集まっていて、努力主義の撤廃を願う署名活動を行なっていた。曰く、努力主義は長期的に見て、人類の発展に低迷をもたらすらしい。「今を乗り切らなくて、何が未来だ」と。ときに心無い言葉を投げられながらも彼らは、未来を願っていた。凄まじい覚悟を持った人たちだと思う。ただそんな彼らでも、流石に隣国で巻き起こった大爆発は、無視できないようで。

キィンと、今でも耳の中に残る衝撃。いつだったたか、隣国は周辺諸国に向けてこう提言していたはずだ。そのときが訪れたら我々は尊厳を選ぶと。

二輪を駐車場につけ、私は中央府立療養院の正面玄関に乗り込んだ。騒然とするロビーを早足で歩み、フロントまで進み出る。あの言い方やっぱりちょっと酷《ひど》かったでしょ、とか、ほんとごめん私が悪かった、とか、なんだっていい。もし自己介抱の途中だったら、日が暮れるまででも待ってやる。

「どうなさいましたか」

眉尻を下げ、怪訝《けげん》そうに見つめ返すフロントマンの表情を見て、私はそれまでの威勢を急に削がれ、押し黙った。あの、とか、その、とか、本当に、何か一つでも出てきてくれればよかったのに。

脳裏に鮮やかに蘇るのは、触れないで、と言った彼の瞳の暗さだけ。

「面会の方ですか」

今の私に、面会する権利なんてあるのだろうか。

「現在、厳戒態勢中ですので、面会は一日五名、おひとり様十五分までとさせていただいておりますが」

フロントマンが、慎重にこっちの表情を確認しながら問い返す。

今更行って、会うことができたとして、それで……どんな顔をすればいい？

私は首を横に振った。

「お手洗いの場所を訊きたくて」

私はフロントマンの指示に従ったように見せかけ、ぐるりと回ってきて待合スペースに陣取り、長椅子に腰をかけた。柔らかなクッションに体が沈み込んで溶けてしまいそうだった。

どれぐらい座り呆けていたのだろう。壁面モニターからは臨時ニュースが流れていて、隣国の国土の推定七割が消滅したことを知らせていた。

隣国は首都を占領され、大量破壊兵器を使ったらしい。

敵にではなく、自国民に。

幸い大陸風の影響で汚染物質がギガントフィジークまで流れてくることはない。だがこれでM&Mはいよいよこの国の攻略に、今まで以上に熱意を割くだろう。

「トライセットさん……？」

不意に、声をかけられ、私は顔を上げる。青のスクラブに身を包んだ体格の良い男性が、心配そうにこちらを覗《のぞ》き込んでいた。

私はこの人を知っている。病室で何度か顔を合わせたこともあるし、いつもノアと一緒に国営放送に出ているので、顔を知らない国民の方が少ないかもしれない。

彼はノア・ストリクトの専属理学療法士を務めるイライジャだ。

「もしかしてノアに面会ですか」

心臓を穿《うが》つ問いだった。

私はどういう顔をしていいかわからず、しばらく黙っていると、イライジャものっぴきならない事情を感じ取ったらしい。

私は、場を離れようとする彼を引き留めるように言った。

「喧嘩《けんか》をしてしまって」

一瞬ぽかんとした顔をしたイライジャは、やがて何度か頷き、

「へえ！　彼が喧嘩か。ちょっとそれはいじり甲斐《がい》がありそうです」

と言って、軽めの笑い顔を作る。

それから私の表情を丹念に確認し、会話を続けてほしいという願いを読んだのだろう。

「原因に思い当たる節はありますか？」

少し迷い、私は答えた。

「あなたを生かすためなら私は死んでもいいと伝えました。それがきっと引き金です。でも私、何がいけなかったのか、まだ自分で言葉にできてないんです」

だからやっぱり、来るべきじゃなかった。

私はそう胸の内に結論を結ぶ。

イライジャはさっさと歩き出す。そうだ。私のことなんて無視してくれていい。けれどイライジャは数歩進んでから振り返って、どうして付いて来ないのか、という表情を作る。

「トライセットさん。座ってる時間なんてあるんですか？　来てください。見せたいものがあります」

北病塔の二十階、整形外科の入院区画にある小部屋に入った。床面積の半分を占める椅

円の机と天井に張り付くプロジェクター、そしてそれを映し出すスクリーンとが併設されている面談室だった。

イライジャは手元端末とプロジェクターとを繫ぎ、一本の映像ファイルを読み込んだ。プロジェクターの起動とともに、シーリングライトが明度を自動的に落とす。

そして、映し出される。

静止画が中央に捉えているのは、ノアだった。いつも通りの清潔なベッドの上。いつも通りの前開きシャツとジャージ。でも今より少しだけ髪が短く、顔の輪郭もあどけなさが残る。

パパにつれられて初めてノアに会ったあの日よりも何年かあと、五年か、それ以上前の映像かもしれない。

「知っての通り、自己介抱師は希望の売人ですよ」

イライジャが言った。

「これは私と彼とで撮った最初の配信映像。いわゆるお蔵入りってやつで」

自己介抱師は国営放送以外にも、自主撮影の個人放送を生業《なりわい》にしている。どうしようもない運命を背負わされ、それでも戦う勇敢な戦士たちは、認知されることによって初めて英雄になる。

それが彼ら彼女らに期待される社会貢献。

請求される努力の貌《かたち》。

「彼がまだ英雄になる前の、現存する唯一の記録です」

ざざ。画面のブレと同調してノイズが走り、それが動画再生の序幕になった。

ぼうっと、こちら側を眺めているだけだったノアに命が吹き込まれ、彼はゆっくりと口を開いた。

「ねえ。ほんとに撮るの？　えっ。まさかもう撮ってたりする……？」

ノアは眉を顰《ひそ》め、訊ねる。

画面の中に、撮影者のものと思《おぼ》しきサムズアップが映り込む。

その様を見てノアは息切れとは明らかに別種の、感情表現としてのため息を吐《つ》く。

すでにだいぶ私の中のノア像を逸脱しているっていうのに——全然それだけじゃなかった。

「やめよう。本当の気持ちを言いたくなんてない。考えてもみてよ。体の中にあるものを外に出すと、なんだって汚いでしょ？　おならとか汗と同じようにさ」

訝《いぶか》しげな視線を向けるノア。

そんな時、撮影者側からの語りかけが入った。

「だけどノア。これから君はスタンドアッパーになります。身も心もなるんです。君はひた向きな努力をする以外のことを、何もできなくなる」

ガンマイクがノアに向いていて集音圏外なのだろう。イライジャの声はガラスの向こうで喋っているように、少しくぐもって聞こえた。

「これが弱音を吐く、最後の機会なんですよ」

しばらく沈黙があって、やがて、ノアは目を固く閉じる。

次に開かれたとき、そこにあったのは深海のような闇だった。

「クソ食らえ」

ノアはゆっくりと腕を持ち上げ、そして、右手の中指を立てた。

私は身を乗り出してスクリーンを注視する。本当にあのノア・ストリクトなのか、判別しなければと思った。だってこれじゃあ、あまりにイメージから外れすぎる。

でも明らかに、どっからどう見ても、ちょっと若い彼でしかない。

「思うことを話せって、イライジャ。こんなくだらないことをか？　知ったってどうにもならないのに？」

ノアはたっぷり十秒間中指を空中に固定すると、腕を膝へと不時着させる。

「――わかりきったことじゃないか」

腕を下ろしたときにはもう、一杯一杯という顔だった。そりゃそうだ。彼は今でさえ、頭より高く腕を上げることに、苦労しているのだから。

ノアは肩で息をし、空気を目一杯肺に流し込んで、顔を上げる。

「結果を出せなくても、賞賛だけはされる。生きているだけで素晴らしいと喝采される。生まれた時点でもう、僕は生きる意味を果たしてたんだよ」

そんなこと、あるはずないじゃないか。

私は一方通行の反駁を行なう。

努力係数は、期待値と成果のひらき具合だ。期待値が低ければ低いほど、低い成果でも評価される。それだけ努力してるってことじゃないか。頑張った分だけ褒められるべきなのは、自明のことじゃないか。

「ノアはいつだって頑張って――」

「誰が好きでこんな体に生まれる？」

イライジャの声に被せるように、ノアから浅く重たい声が吐き出される。

「自分でお手洗いにも行けないんだ。誰かのためにランチを作ることもできない。フライパンを持ち上げることさえ。治りたいって思うのは不自然なくらい自然なことだろ。それが、努力……？」

彼の顎に力があったなら、きっと歯を噛《か》み締めていたんだろう。彼の横隔膜に力があったなら、もっと大きな声をあげていたんだろう。

無声音のようにスッと抜ける浅い忍《しの》び音《ね》だけが、彼の叫びだった。

「『生きててくれてよかった』は聞き飽きたんだ。そんな言葉に、この体を支えるだけの力はなかった。本当は、ずっとダメなやつだって言ってほしかった。僕が役立たずだって皆に認めてほしかった」

だけど！

ノアは、言葉をぶった切った。

努めてゆっくりと息を吸い、息を吐く。シーツの端をぎゅっと握り込み、体力の限界に挑むように声を絞り出す。

「そんなこと、言えるはず……ないじゃないか。そんなのは、バルクバレーの奇跡に申し訳が立たない」

私は息を呑んだ。

今すぐにでも動画を止めたかった。

「僕より五つも若い女の子なんだろ。負けていられない。もしその人に会うことができたときに……僕は、せめて笑顔でいられるようにしないと」

待ってくれ。お願いだ。

確かにバルクバレーの奇跡は報じられた。歴史にも残った。でもそれはメルト・トライセットとしてではない。年齢と性別以外の情報を漂白された、無名の兵士としてだ。機動外套はよほど古いモデルでない限り、頭部は完全に装甲に覆われている。

やめて。

もう何も聞きたくない。

「たとえ何一つ自分で決めることができないとしても、自分の人生は自分で選んだと胸を張る。──いや、それも違うかな。本当は何一つ選べなかった。だから」

私は頑《かたく》なにあなたのことを、英雄だと思っていた。とんでもなく心根が強くて、誰より努力家で、決して人も自分も恨まずに歩み続けられる、そういう聖人だと思っていた。思い続けていた。

なんでそんな馬鹿げた考えを持ち続けられたんだろう。

「何もできない僕は、胸を張るという仕事だけはせめて、こなしてみせるさ」

動画が、静止画へと変わる。

失った言葉も探せないまま、ただ呆然と私は、臀部《でんぶ》と背中が体重を抱える感覚だけを味わっていた。

「あなたなんですよね、バルクバレーを救ったのは」

イライジャの問いに、私は首を横に振ることができなかった。

そうですか、とイライジャは悩み顔を作り、

「どうか、悔いのない人生を。ノアは、あなたの話ばかりしていましたよ」

最後には静かに笑みをたたえ、そう締め括《くく》った。


病院を背に、私は歩いている。ノアの顔は見ていない。でも、これでいいと思った。これが一番マシだと思った。

私は、一番やっちゃいけないことをした。「あなたを生かすためなら、私は死んだっていい」——その言葉のどこにもあなたはいなかった。私は結局彼を、守るべき存在として規定したのだ。七年という時間で丁寧に培ってきたはずの対等性を、自分の心の昏《くら》さを照

らす薪《たきぎ》として、くべてしまった。

澄み切った後悔に包まれ、真に向き合うべきだった事実を呑みくだす。私はただ死ぬのが怖かったんだ。

私はあなたに、僕を守るために死んでと、言わせたかった。

8

ブドウの房みたいに幾つも繋がった椅子の一つに腰を預け、私は光を失った細長い電光掲示板を見上げていた。かつてはそこに、さまざまな国名が流れては消えていたのだという。荷物を山盛り持った家族連れや恋人たちに、たそがれの異国情緒を思い描かせていたのだと。

私は、あたりをぐるりと見渡す。

無人のターミナルビルが、燃えるような夕焼けに照らされている。目を閉じれば易々《やすやす》と、行き交う無数のバゲージカートを思い描くことができた。ボーディング・ブリッジを通る旅客たちが見送りの人に手を振るさまを、ありありと想像することができた。

私はゆっくりと息を吸い込む。

代謝をやめた施設特有の埃《ほこり》っぽさと微かなカビ臭さが、肺を満たす。

ギガントフィジークにはもう、旅行目的で訪ねることのできる渡航先が存在しない。空港はとっくに徴発済みで、民間人は立ち入ることも許されない。

私は、滑走路に目を向ける。地平線を統べる夕焼けは広大な山火事のように見えて、一瞬肝が冷えた。けれどその恐れも寄せては返す波のように引いていく。燃えている街を、こんなに見慣れてしまったというのに、今更怖がるなんて、はしたない。

「こんなところにいらしたのですね」

視界に入るずっと前から、足音は聞こえていた。重心が偏っていて、左足ばかりに負荷をかける歩き方だ。聞いたことのない足音だが、きっと脚を患って後援扱いになった下級士官が迎えに来たのだろう。私は首を回す。

「あなたは――」

開いた口をそのままに、立ち上がって敬礼をする。

指揮官だった。

どうりで歩き方に覚えがないはずだ。彼女とは、あの部屋の外で会ったことはないのだから。

深々とした敬礼の姿勢を維持する私の、勲章の並ぶ右肩に、指揮官が触れた。

顔を上げた私に、彼女は言った。

「ここにはもう、いらっしゃらないかと」

広大な滑走路には本来並んでいるべき旅客機の姿はなく、その代わりに、四枚の翼を広げた黒塗りの大型輸送機《アブドミナル55》が、その勇壮な佇《たたず》まいを見せつけていた。

牽引を終えたトーイングカーが去っていくと、入れ違いで、弾薬と武器を運搬するハイリフトローダーの隊列が現れる。

「逃げるつもりだったんです」

指揮官に驚いた様子はない。

私は滑走路から視線を外さず、続けた。

「大切な人のために死のうと思って、でもそれが酷いことだと気づいて。大体、裕生人類に丸投げって、おかしいですよ、この国は。こんなしょうもない国のために戦うなんて馬鹿げてる。だから、死ぬくらいなら逃げてやろうと」

アブドミナル55の後部ハッチが開き、物資が続々と運び込まれる。カーボンブレードの替え刃と、アームマウントガンのマズルに弾倉。高価なため滅多に使われないケミカルグレネードも見られる。さすがは最終決戦。景気がいい。

その中には私の機動外套の姿も見える。

「逃げていいと思えたから、ここに来ました」

私は自分に命令を課そうとした。責任感に浸ることで、他のすべての感情と向き合うことを避けた。でも、強制じゃダメだった。無理やりギプスをつけても結局、体が進むのは私の決めた進路だけ。

報われる努力しか存在しないこの国で、自分に報いる唯一の方法は、覚悟を抱きしめることだ。

もし、この気持ちの変化さえ社会にデザインされたものだとするなら、心底恐ろしい仕組みだと思う。努力から『自分はよく頑張った』という納得を奪い、その受け皿として覚悟を要求する。努力主義は決して、公平な社会を希求するシステムじゃない。

人を覚悟に縋るよう仕向ける、悪魔じみた仕組みだ。

「そろそろ日が落ちますね。メルト・トライセット軍曹。会い損ねた人はいませんか？あるいは、伝言などあれば」

この人とは、思えばいつも夕暮れ時に対峙するな。

私はかぶりを振った。

ずっと対等ぶってきたけれど、最初からノアを守るべき相手として見ていた。私は彼の望むものを——対等を——用意できなかった。

伝言を残す資格なんてない。

それでも今の私には、縋るべき覚悟がある。それだけは残った。

「まだ引き返すこともできますよ」

思ってもいないことを口にする指揮官に微笑みを返すと、私は立ち上がった。

ターミナルビルを出て滑走路に降りる頃にはすっかり空は黒く染まり、ギラギラしたスタンドライトの光が車列に長い影を作っていた。

アブドミナル55の両翼はすっかり漆黒の空に溶け、完全に闇への擬態を果たしている。積み込まれているのはオールアウトに相応《ふさわ》しい、例を見ない物量。タンクには片道分の燃料しか積んでいないそうだ。

「アブドミナルは、メルクマールのオート運転で現地に向かいます。搭乗員はあなた一名。推定される単純戦力差は、低く見積もって七十倍というところでしょう」

指揮官が淡々と告げる。うっすらと、紫色の噛み跡が浮かぶ唇で。

「すべての戦力をあなたに預けます」

唸《うな》るような低音が、鼓膜と腹の底を揺らした。アブドミナル55のエンジンが点火したらしい。六基のターボファンも回り始める。突風が立ち、コートの裾が虫の羽のように忙しくはためく。

風に抗って進み、後部ハッチのスロープの前まで来る。

格納スペースには武器と機動外套が詰め込まれていて、人の入れる空間は本当に公衆トイレぶんぐらいしかなかった。何もかも劣悪すぎて逆に笑えてくる。

だけど、これでいい。

覚悟を抱いた私の足取りは固い。もう振り返ることもない。

一歩、踏み出した。

その時だ。

「メルト――ッ!」

声が銃声のように響き、私は振り返る。振り返った瞬間から覚悟とか蹴り飛ばして、走り出している。そうしなければならないと、考えずともわかった。

「ノア！」

ノア・ストリクト。

その彼が、アブドミナル55の始動音に打ち勝つほどの声量を放ったのだ。

私の視線は、異常に上体を前傾させ今にも車椅子から転がり落ちそうになるノア・ストリクトの姿を、ど真ん中に捉える。

私の反射神経に遅れること〇・四秒、指揮官の呼び声が背中に追いつく。

知るか。

ジェット気流の追い風を受け、滑走路の硬質な地面を蹴る。反作用が私の背中を押した。強引に伸ばした左腕が、彼のおでことコンクリートとのわずかな隙間に滑り込んだ。

「どうして」

どうしてそんな危ないことをしたの、と、すでに私の両目は叱責してしまっていた。

上半身を抱き起こされ、背中を再び車椅子の背に添わせた彼は、照れくさそうな顔をこちらに向ける。

「支えてくれると思って、君なら」

「そういうことじゃなくて！」

危なかった。見た目以上にずっと。普通の人間なら脳震盪《のうしんとう》ぐらいで済むだろう。でも彼にとっては間違いなく致命傷だ。そもそも病塔から出るってだけで命懸けなのに。

まるで穴でも開いているようにヒュウヒュウと音を出して呼吸するノアの背に手を回し、

私は彼を抱きしめ、言った。

「無理に、喋らないで」

けれど私の両肩に、微かな圧が加わる。

私の体は、ノアに押し返されていた。

「喋るさ」

なんで会いに来なかったの、とか。勝手に行くなんて酷い、とか。そんなことは、言わなくても伝わることだから。

ノアはあえて口にはしなかったんだ。

彼は多分、何を言うか全部決めて、ここに来た。

「いいかい。僕は君に車椅子を押してもらうことがすごく好きだった！」

私は目を見開く。

唇を紫にし、目の下を青黒く染め、彼が言う。

「ゲームにならないゲームを遊んでくれることが嬉しかった。僕を守ろうとしてくれたことが、本当は嬉しかった。嬉しくないことなんて一つもなかった。でも、君は言わせてくれなかったから——僕も、君を守るって」

ノアの両手が私の指先を柔らかく包み込んだ。

呼吸が、彼に味方したことなんて一度もなかった。彼はいつだって、ひとりぼっちで戦っていた。体にさえ見放され、心だけで這いつくばっていた。

しかしこのいっときだけは、体は、彼に味方したように見えた。

「私を、守る……？」

「守られてないとでも思ったの？　君は僕がいなきゃダメダメじゃないか。だからそばにいられない代わりに今、伝える」

彼の背後に、ゆらめく人影が見えた。それはものすごい形相で、体を左右に激しく揺らしながら走ってきていた。イライジャだ。想像に難くない。アブドミナル55のエンジンが回り始めたとき、まだ距離があったのだろう。今から行っても危ないだけだとノアを諭し、そしてノアにまんまと出し抜かれた。滑走路ほど作りのいい平地ならば、自動式の車椅子は軽車両並みの速度を出せる。

大丈夫だよイライジャ。

私は意図してイライジャの姿を世界から消した。彼だけではない。私の背後から歩み寄ってきている、指揮官の足音も。アブドミナル55の心臓音も。今もどこかで鳴っている砲火の遠音も。

全て締め出し、ただ一つを残す。

ノアは立て膝をする私を、わずかに見下ろし、

「ランチを作るよ」

誇らしそうに、そう告げた。

「野菜と鶏を細かく切ってさ、チキンライスを作って」

ノアは両腕を持ち上げ、左手で押さえた架空のたまねぎを、右手に持った架空の包丁で切り始める。ざく、ざく、ざく。ちゃんと、音は聞こえている。

「これでもかっていうくらいのバターで卵を焼いて」

スプーンを握ることさえ難しい指先が、今度は架空のフライパンの柄を摑んでいる。鉄のフライパンの上を滑る、こんなに使っていいのってぐらいのバター。そこに菜箸で溶いた黄金色の卵液が流し込まれる。

「ちゃんと、とろとろにできるまで練習するから」

卵が焼ける心地いい音を、私たちは一緒に聞いた。

頃合いが来たら今度は縁を剝がして、彼は糸のように細い上腕二頭筋で、フライパンを波打たせる。オムレツは一瞬だけ宙に浮いて、美しいラグビーボール型に整えられる。

オムライスが、出来上がる。

「だから期待して、戻ってきて」

汗でべたつく前髪と、ゆっくりと上下する角張った肩。

背骨が皮膚を突き破りそうなくらいに尖って見える背中。

一人では立ち上がることのできない足と、フライパンを持ち上げることさえ叶わないその腕で、それでも彼は笑ってみせた。力強く、覚悟を振り絞って。

私はもう、大丈夫だった。

意識が雑音を拾い始め、イライジャがノアの車椅子のグリップにしがみついたのが見えた頃には、私もまた立ち上がって、手をこまねく指揮官の横を通り過ぎていた。頭から足まで槍をブッ刺したみたいに姿勢を立て、後部ハッチへと通じるスロープに足をかけたところで、一度だけ振り返る。振り返るのは、その、たった一度と決めていた。

私は見下ろし、ノアは見上げていた。

合わない視線の高さを補うために、跪《ひざまず》くことはもうなかった。

私は、胸を張って言った。

「また昼に」

君のための淘汰《とうた》

1

――アイコ。

風の音のような囁《ささや》き声が聞こえた。

右耳の、ピアスホールよりも、もっと下の方。イメージとしては、首筋と鎖骨の中間地点のような位置から。

――聞こえているか、アイコ。

港《みなと》藍子《あいこ》はその囁き声に少しくすぐったさを覚えて、身をよじった。とても小さな発声だったので、テーブルの向かいに座る男性には、藍子が寒さに身震いしたように見えたらしい。寒い？　席代わろうか？　と爽やかな笑みと共に優しく呟《つぶや》く。

そんな男性の言葉を上書きするように、囁き声は、言った。

――アイコ、悪いことは言わない。そのオスはやめておけ。

なんでだよ、と……心の中で呟く。

その程よく日に焼けた肌と、見るからに上質そうなシャツの袖を内側から押し広げるパンパンの上腕筋。いい。とてもいい。外見だけですでにタイプだというのに、上智卒でバイリンガルで銀行勤めでゴールド免許ときている。高校の時、甲子園に僅かに及ばなかったことを悔しそうに話すその目。メガバンクへの転職を虎視眈々《こしたんたん》と狙っている、一番星みたいなその目。

バツなし33歳。

推定年収８４０万。

むしろなんで私とデートした？

ダメだ。落ち着け。藍子は自分に言い聞かせた。キスマは、藍子との約束を律儀に守っている。つまり家の外では、そこにキスマがいると藍子以外の誰にも悟られないような、本当に微弱な声で話すようにしている。キスマとの会話がバレようものなら、デートがおじゃんになるだけでは済まない。国の何かよくわからない組織に捕まって、人体実験されるに決まってているのだ。

「どうしたのあいこさん。顔色わるいよ」

今度は少し前のめりになって、男性がそう訊《たず》ねてくる。

藍子はこれみよがしにデキャンタを傾けて刻んだラズベリーとかパイナップルが入ったサングリアをグラスに注ぎ、アペタイザーの生ハムを口に突っ込んで笑った。

「えー！　いやそんなことないですぅ」

「すみません。彼女にブランケットを」

男性は、当然のことのように藍子の否定をスルーし、ウエイターを呼びつけてそう言った。

多少強引ではあるものの、そういう気遣い一つとっても、だ。27歳から始めて二年間、婚活という死地を歩き続け、疲れ果てた藍子には本当に沁《し》みる態度だった。

小柄なウエイターの表情が硬くなる。それから、腰から取ったタブレットで上司に連絡を入れたのだろうか、低頭してブランケットを備えていない旨を詫《わ》びた。

「ブランケットがない。……は？」

柔らかだった男性の声色が硬化した。

おっとりと垂れたまなじりがキッと引き上げられ、ウエイターを睨《にら》んだ。

「どうなってるんですかこの店。デートにおすすめと謳《うた》っておいて、女性に冷え性が多いことすら想定できなかったんですか？」

――アイコ、まさか寝ているんじゃないだろうな。

「す、すみません……」

低頭するウエイター。

横柄さを増す上智卒。

「君では話にならない」

――アイコ、時間とは生命の通貨だ。

「申し訳ありません。すぐに上の者を呼んでまいります」

「そうやってすぐに他責思考になる。この値段を取っていて、店員一人一人に自覚ってものが足りないんじゃないか！」

――私も君も時間という同じ通貨でギャンブルをする、しがないプレイヤーだ。無駄にベットするな。出口は九時の方向だぞ。

ヒートアップする上智卒とオロオロするウエイター、そこに加わるキスマの忠告。

藍子はついにその場で立ち上がって告げた。

「ちょっとタイム……ッ！」

言葉で溢《あふ》れかえっていた窓際卓の周辺が、ブラックホールに飲まれたみたいに静まり返る。

藍子は沈黙の気まずさに打ち勝つと、ゆっくりと口を開け、

「お、お花。お花摘みにいってきます！」

脱兎の如《ごと》く、歩き去った。


無意識に覆ってしまっている手を退け、藍子は首元を鏡の前に突き出して言った。

「ねえねえねえ、ちょっと～」

コンシーラーがだいぶはげている。キスマ、結構喋《しゃべ》ったからな。お手洗いに誰もいないことが、不幸中の幸いだった。

藍子は再度、キスマに向けて声を放つ。

「今日は喋りかけないでって言ったじゃん！」

すると、首元に浮き上がった、仄《ほの》かに赤い発疹《ほっしん》のようなものがひとりでに、ぬらりと動き始めるのである。

口だけの人面瘡《じんめんそう》のようにも見えるその発疹は、今度はやや大きめの声で告げた。

「確かに今日のデートは君が直接やる日だったな」

「そうだよ。たまには私だってやるよ。婚活。私の体なんだし」

首元にできた動く発疹は、目を細めてみるとキスマークのように見える。

だから、キスマ。

普段は高カバーコンシーラーを塗りたくって隠しているが、喋り続けると流石《さすが》に存在感がむき出しになってしまう。

「だが、明らかなことだったろう？」

キスマが淡々と告げる。

「どこが。すごくかっこよかったじゃん。気も利くしさあ」

藍子は真っ向からぶつかった。

キスマは、首にできた発疹のくせに表情豊かである。口しかない全身をだらしなく押し広げ、さも呆然《ぼうぜん》、という具合に間を取り、

「君は本当にヒトのメスか」

呆れた調子でそう言った。

ひどい言われようだったが、そういう言い方に悪意がないということは、藍子はもうわかっていた。

「男の店員に対する態度。格下だと思う人間には強く当たる、典型的なハラスメントだ。私は、宿主《しゆくしゆ》である君の心身を危険に晒《さら》すことを望まない」

「私が上手くやればどうとでもなることじゃん？　私ってダメ男に尽くしたいタイプなんだよね。更生させたいっていうかさ」

「更生させたためしが？」

キスマの言葉が、ズサリと心臓を刺す。ひとさまの体を借りて生きている人外のくせに……藍子の人生をすでに、藍子以上にわかっている。

「ああいうオスには、アイコ。強気で上から行くぐらいがいい。それで剝がせるバケノカワもある」

「そうよね、男はみんなバケモノよね」

「今の君に言えたことかね」

今日も絶好調の返しを飛ばすキスマに、失笑が漏れ出た。うん。そりゃないよな。自分のことを棚に上げて。

扉の開く音が聞こえ、若い女性の二人組が入ってくる。藍子は即座に居住まいをただすと、発疹の上からコンシーラーを塗りたくった。

――代わるか。

再び、あの微弱な囁き声を操り始めたキスマに、藍子は周りの目を気にしながら小声で返した。

「ダメなんじゃないの、あの人じゃ」

――私は君に協力すると言った。君があの男と番《つが》いたいのならやむを得まい。

「……じゃあ、お願い」

藍子はすうと息を深く吸い込み、全身の力を抜く。頭を空っぽにするために思い浮かべるのは、美女が堅焼きポテトチップスを食べているＡＳＭＲ。

息をゆっくりと吐く。

肺が凹《へこ》むまで空気を絞り出した果てに、藍子の意識は体の奥へと沈み込んだ。

そして――。

キスマの意識が浮上する。

＊

もう何度目かだというのに、いまもって不思議な感じだった。他人に、いや、別の生命体に、体を乗っ取られているというのは。

床を叩くヒールの底が太ももに伝える衝撃が、嫌にくっきりとしていた。今どの部分の筋肉に負担がかかっていて、どの部分がどう動いているのかということが手に取るようにわかると、次は筋肉のまとった脂肪がもたらす余分な遠心力までもが、明瞭に、意識の中で輪郭を結んだ。はぁ〜。藍子は心中でつぶやいた。太ももやばいなぁ、ダイエットしなきゃなぁ。

勝手に運ばれていく体は、浮ついていた。歩いた道を我が物顔でレッドカーペットにしてしまうような、そんな不気味なくらいの優雅さだった。

それはもはや藍子ではなかった。

藍子の皮を被ったバケモノだった。

長かったみたいだけど大丈夫？　と、一瞬——男性の顔に浮かんだその文字列が、またたくまに引っ込んだ。

「なんか雰囲気変わった……？」

微《かす》かに眉を顰《ひそ》めてそう言った男性の鼻の下がでろんと伸びている。

始まったのだ、今日の真打公演が。

「そう見える？」

藍子の声で、藍子の言葉で、全く別のものが返答している。

藍子はそれを最前列の観客席から眺めている。

「あの、これ……ブランケット、だけど」

「いらない」

その藍子は、男性から手渡されたブラウニー色の布をさっと畳んで突き返し、ほんの微かに上気させた頰を見せつけるようにウインクをした。

その藍子はその仕草一つで、男性から何か大事なものを奪っていった。

まったく恐ろしい寄生生物だ、と藍子はしみじみ思った。なぜ人間ではない彼——仮に彼とするが——が、こうも人間のオスと相対する術を知っているのか。

わからない。

わからなくたって、全然良い。

「藍子さんってさ、可愛いよね」

あらあら、目の色を変えちゃって、と、藍子は他人事のように思った。

けれどすぐに、それが自分の体にかけられた言葉なのだと気付く。自分ならばなんと返すだろう。やはり、そんなことないです、と控えめに告げるだろうか。

「ふふ。ありがとう」

キスマはそう一言述べ、ペースを崩さずに微笑《ほほえ》む。

藍子は知っている。自分がことさら美人でもなければ、飛び抜けたセンスがあるわけでもないことを。だから可愛いね、という言葉をかけられた時、いつも否定から入ってきた。嘘をつきたくなかった。客観的でいたかった。

キスマは違う。

それまでそこになかったうっとりとした雰囲気がテーブルの上に漂い始め、男性の心はみるみる沈んでいく。おーいそこはバケモノの沼だぞ！　と声をかけてやりたくもなるが、今更どうにもならない。いったん体を貸せばきっかり139分の間、キスマが私を占有することになるのだ。

正直にいえば、自分に失望したりもする。

寄生生物よりも恋愛市場における価値が全然低いことに、辟易《へきえき》もする。

けれど、港藍子、29歳、化粧品メーカー企画職、独身。

タワマンとハリー・ウィンストンを夢見る彼女は最近、ある一つの事実に思い至った。

キスマに体をあけ渡す時、いつもそのことが頭の中にある。

それはすなわち――、

〝この世界はバケモノの方が愛される〟

2

三ヶ月ほど前の週末に遡《さかのぼ》る。

ドアホンが鳴り、藍子はビーズクッションから立ち上がった。洗面所を通り過ぎる時、パックを貼ったままの自分の気の抜けきった顔が目に入った。玄関に出ると、段ボールを抱えた配達員が、引き攣《つ》った表情でこちらを見ていた。

「えっ、もしかして代金引換ですか」

「ええと、はい」

気弱そうな配達員は、バケモノじみた藍子から人語が飛び出したことに驚きでもしたかのように、肩をびくりと震わせると視線を下げて答えた。

「カード決済にしてなかったでしたっけ」

「ちょっと、お待ちください」

配達員は腰のホルスターから端末を取り出し、こまごまとした操作をして画面を覗《のぞ》き込む。

「いえ。代金引換を選択されていますね……」

「そうですか」

何か、釈然としないまま箱を受け取った藍子は、そこでようやく思い至る。

これは一体何なのか、と。

ネットスーパーで冷凍食品類をまとめて頼んだ覚えはある。けれど今抱えてる箱には冷凍の文字もなければ冷気も纏《まと》っていない。社割で注文していた美顔ローラーが、ちょっと早めに届いたのだろうか。

藍子は、不審に思った。

けれど、藍子の資本主義に対する信頼は、その程度の不審さでは揺るがなかった。

箱を持ったまま移動し、一旦洗濯機の蓋の上に置くと、ひとまず風呂場で乾燥にかけていた洗濯物を取り込もうとした。

そのときだった。

箱がガサゴソとひとりでに揺れたように見え、目を疑った。恐る恐る近づき、生乾きのシャツから剝がした木製ハンガーで、ツンとつつく。

動きはない。

ああ、私、疲れてんだな。藍子は納得した。

仕事に、美容に、恋愛に、電気代の支払い。それら全部に疲弊していることを自嘲した。

藍子が洗濯物を取りに戻ろうとした、次の瞬間。何か細長いうなぎのようなものが箱を内から突き破り、尋常ではない勢いで飛びかかってきたのである。

「うわあああ――ッ！」

声を上げたのも束の間だった。うなぎ状の何かは藍子の短パンに食いつくと、そこから太ももの皮膚を食い破り、体の中へと入り込んだ。最初に皮膚を嚙《か》まれた時に鋭痛が走って以降ほとんど痛みがなく、それが逆に、きわめて不気味だった。

「なにこれなにこれなにこれ!?」

うなぎは皮膚の下を這うように進み、どんどん体を上ってきている。

パニックにならぬわけにはいかなかった。

藍子はとにかく手に持っていたハンガーで太ももをバシバシと叩く。

しかし、うなぎは俊敏だった。藍子の攻撃を避け、皮下を這い進むこと十余秒。ついに皮膚の盛り上がりは首筋まで達する。

「ぎぁあああああ――ッ！」

藍子は、なんとかそれ以上うなぎが上ってこないように、己の首を手でキツく絞め上げた。だがやってみるとわかるが、自分の首を自分で絞めるということには限度がある。うなぎはついに藍子のこめかみに達する。

もはや、叫び声さえ上げる余裕を失った藍子は、異物が頭の奥底へと入り込もうとしていることを理解する。微塵《みじん》の猶予《ゆうよ》もない。それでも何かせねばと思った。その時藍子の頭によぎったのは、ヴァンパイアに聖水をぶっかけて撃退する、その手の映画にありがちなワンシーン。

洗面台へと腕を伸ばし、とにかく手当たり次第に何かを摑《つか》んだ。そして一番脳に近いように思える体の部位、すなわち眼球に、それを流し込んだ。

アイポンだった。

アイポンは、用法用量を守って使いましょう――そりゃそうだ！　だが、そんなことを言ってられる場合じゃなかった。

体内を滞りなく進んでいたうなぎが暴れ始める。他人の体の中で暴れやがって！　藍子は怒りに任せてアイポンを両目に注入し続けた。ぐぎゃあああああ。断末魔が聞こえるようだった。それに伴い、脳の奥深くへと達しようとしていたうなぎが、体の内を下りていくのがわかった。

やがて、体の中で異物が動く感覚が一切なくなる頃、藍子は気づいた――首元に浮き上がったきつめのキスマークのような発疹の存在に。

藍子は洗面所の鏡に発疹を晒した。

指で押し込むと、それはオジギソウのように蠢《うごめ》いた。

「きもちわるっ！」

藍子は脊髄反射的にそう叫んだ。

「キモチワルッ」

こだまのような現象が起こった。

藍子は唖然《あぜん》としたまま、ぽっかり開けた口で再度つぶやいた。

「なに、これっ」

「ナニ、コレッ」

今度こそ間違いなかった。間違えようがなかった。

発疹が、喋っていた。


キャパオーバーになった藍子は、腐れ縁の理系男子で、同じ会社の他部署に勤める日暮《につぽ》里哲人《りてつと》に相談を持ちかけた。こんなふざけた話を遠慮なく聞かせられる相手は、哲人ぐらいしかいない。

土曜の夜だというのに、連絡はいとも簡単についた。二重に巻いたマフラーで発疹を押さえつけながら、藍子はいつも通り世間話から入り、哲人の身の上に申し訳程度の興味を割いた上で本題に進んだ。

そこで問題に突き当たる。こんな異常な状況、どう話せばいい？

悩んだ挙句、藍子が導き出した答えは——。

「ねえ哲人。インコに言葉を喋らせるにはどうしたらいい」

「突然どうした」

スピーカー越しに露骨な困惑を見せる哲人。

「だからインコっているじゃん。インコ。よく淫語とか喋らされて、人間のおもちゃにされてる生き物」

「君のマンション、ペット禁止じゃなかった」

「いいから脱線せずに要点だけ答えてよ。あんた理系でしょ」

哲人も、さすがは腐れ縁である。

長年の付き合いから、藍子が唐突に話題を切り替えるということに慣れている。

「確かインコって、胸にある鳴管《めいかん》っていう器官で、人間の声みたいな音をつくれるって話だよな」

早速の返答。スマホで調べたという間さえない。

「あれは、意味が通じてるわけじゃないんだ。ただ、彼らは人間の感情に反応しているらしいから、とにかく楽しげに話しかけ続けるのが大事らしい」

とにかく楽しげに、話しかけ続ける。

その要点だけ頭に詰め込んで、藍子は電話を切った。

その日から、寄生生物との対話訓練が始まった。

冷静になって考えれば、藍子はまず真っ先に病院に行くべきだったのだ。けれどおあいにくさま世は感染症の再再再再再再拡大によって、どこの病院もパンク状態だった。

土日休みに有休を加え、言葉を教え込むこと四日。恐るべき速度で言語能力を上達させていった発疹は、

「借り宅のはかなき命の身とならばうしろめたけれ月の満ち欠け」


短歌ぐらいこの通りすぐ詠むようになった。

そろそろ頃合いか。外出時に不用意に喋らないでいてもらえるように、この寄生生物と交渉しなければ、と藍子は思った。

「あなたの目的は何？」

四日目の夜。

バランスボールに乗って体幹を鍛えながら、藍子は発疹に訊ねた。

「私の、目的……」

発疹の一人称は《私》だった。

なんとなく《僕》よりはマシな気がした。

「そうよ。人の体に勝手に入り込んでおいて、テキトーな理由だったら許さないんだからね」

そうは言ってみたものの、アイポンをぶっかけること以外に藍子にできる抵抗などない。

すると寄生生物は、少し間を取ってから、おもむろに話し始める。

「では訊《き》くが君は何のために生きている」

それは、その手の小難しい話をとことん嫌って生きてきた藍子が直面する、初めての哲学的な問答だった。

藍子は哲学をやる気など毛頭なかった。

「仕事終わりの冷えたビールのため……？」

「私まで酩酊《めいてい》するから、あれは嫌いだ」

一体何が悲しくて寄生生物に文句を言われなければならないのか。勘違いするなよ、これは私の体だ……！　ひととおり悪態をついてから、藍子はしばし考えた。思えば、こうして誰かから真面目な問いかけを受けるということ自体、数年ぶりかもしれなかった。

真面目な話は疲れるし、話したところで何かが解決するわけじゃない。

ましてや、真面目な話をする女は男に好かれない。

求められない。

それでも、藍子は部屋をキョロキョロと見渡す。ここに、この部屋に、自分以外に人間はいない。話し相手は人間じゃない、バケモノだ。そしてバケモノは真面目さを嘲《あざけ》ることを――《冷笑》を、知らない。

だから答えてもいいと思ったのだ。

「選ばれたいから、かな。ハイスペ男子に」

その歳《とし》で今更何を言ってんの、とか。

ほらみたことか五年前に私の忠告を聞かなかったから、とか。

そんなような〝フツーの受け答え〟が頭を過《よぎ》る。

「ふむ。番いの形成か」

実際に返ってきたのは乾いた言葉だった。

「それはなぜだ。血を絶やさぬためか？　老後の安全保障か？」

その何のニュアンスも含まない無色の問いが、耳に不思議と心地よかったことを、藍子は今でも覚えている。

「あなたは知らないかもだけど、色々めんどくさいんだよね人間って。まず、一人は寂しいじゃん？　それにこの国の社会ってさ、まだまだ女が一人で生きるようにはできてない」

人間社会のことを、まだあまり知らない寄生生物に向けて、この説明では少し端折《はしょ》りすぎかもしれない。無論、藍子がそうというだけで、一人で生きていける人は生きていけるのだ。

寄生生物はなるほどと小さく相槌《あいづち》を打つと、それ以上揚げ足を取るようなことはせず、素直に応じた。

「私が唯一願うこと、それは己の身の安全だ」

それ以外には何もない……と、ため息を吐《つ》くように付け加える。

「君の脳を奪おうとしたのも、それが安全だと思ったからだ。だがその試みも失敗し、今や私は君の体のいち器官となった」

藍子はバランスボールから降り、洗面所へと向かった。寄生生物が言葉を話すたびに、首元に振動が走ってくすぐったさが皮膚を伝った。

キスマの体表は、藍子の皮膚と完全に同化していた。

「つまり君の安全は、もはや、私の安全でもある。だからアイコ――」

藍子は鏡の中を覗き込んだ。

目を細めると、首元にできた喋る発疹は鮮やかなキスマークのように見えた。

「ヒトのメスの人生がよるべないと言うのなら、私は君の一助となろう」

3

スマートフォンの中には、人生が陳列されていた。

男たちが自らに貼った品質表示とも呼べるそれらが並ぶのは、俗にマッチングアプリと呼ばれる代物である。

日に三件、多い時では二十件近く増えるマッチングの一つ一つを精査することなど不可能だったので、藍子の脳は、写真の清潔感と年収、それと自己紹介文の〝まともさ〟を判断するための装置《センサー》と化していた。

先週デートした慶應卒は、脈絡なく藍子に対して『お前呼び』を始めたため、キスマ査定にひっかかり即日選外となった。けれど、振り出しに戻るのももう慣れっこなので、ショックは受けなかった。

社食で買った焙煎コーヒーを啜《すす》りながら、喫煙所横のベンチに腰掛けて、スマホと向き合う。手元にあるプレゼン資料よりもずっと労力を使う。

そこに、例の囁き声が差し込まれた。

――アイコ。

最近、どんどんとひそひそ声が上手くなってきているキスマは、藍子だけに聞こえるように名を呼ぶことができた。

なんとなく、何を言われるかわかっていた。

――今の男もやめた方がいい。

「言うと思った」

コーヒーを摂取し、ため息を排出する。哀しき代謝である。

だが早いもので、あの衝撃的な出会いからもう半年の付き合いになる。藍子も、軍師キスマの言葉を頭ごなしに否定するようなことはなくなっていた。

「何がダメなの」

――年収が高すぎる。実績アピールに十二行も使っていて客観性を欠くほどの前のめり。さらに『夜にしか会えない可能性があります』という文言。社会人なら当たり前のことをあえて書くあたり、夜間デートに誘導しようとする意識が透ける。

「つまり？」

――遊びだ。

藍子はいま一度自己紹介カードを眺めた。言われてみると確かに、炙《あぶ》り出しの手紙のように、隠された性欲が浮き上がってくるようだった。

自前の視覚器を持たないキスマは、藍子の神経信号を間借りしている。だから、同じ視覚のはずだった。それなのにキスマの方が多くを見ている。

藍子は頭の片隅で二十分後に控えるプレゼンのビジョンを組みながら、コーヒーを啜った。

――彼がいるだろう。六日前にマッチした男。

「あー。でもあれはゴ、ー、ル、だから。婚活ゴール」

藍子は壁に背をつけ、天井を仰いだ。ゴール男――それは奇《く》しくもキスマと藍子の意見が一致した稀《まれ》な例だった。港区在住。持ち家もしくは家賃補助あり。年収１０００万超。

実家は太いが、親との交流は薄め。塩顔イケメンの細マッチョ。ハイスペを絵に描いたような、四つ上の男性。

想いを馳《は》せる瞳は、そのいっときだけ少女のようなあどけなさを帯びる。

しかしすぐに港藍子は自分の世界に戻ってくる。そして自嘲気味に呟くのだった。

「あ〜。早く誰かこの恵まれない私を見つけてくんないかな」

——アイコ。君は……。


君は、もう恵まれている。


キスマの言葉はしかし、音にはならなかった。歩いてくる人の気配を察知し、藍子の首元で息を潜めたためであった。

藍子が顔を上げると、そこには同僚の女が立っていた。技術部門の目黒恵美《めぐろえみ》だった。白衣を身に纏い、セミロングの髪を後ろで束ね、ゴーグルを首からぶら下げた薄化粧の女は、左の薬指のリングを控えめに輝かせている。

「次、会議?」

目黒はそう訊ねて、自販機で茶葉多めのミルクティーを買うと、ずどんとベンチに腰を下ろした。目の下に積もったくまが開発チームの激務を思わせる。

藍子が頷《うなず》くと、目黒はミルクティーを啜りながら言った。

「そういえば試供品コーナーに新しいスキンケア入ったから、試してみて。さすがハイブランド。〝武装〟って感じ」

「誰が買うのよあれ」

いかに自社の製品とは言え、もっぱらプチプラコスメの企画チームに配属されている藍子にとっては縁遠きことである。

「さあ。六本木のラウンジとかで配るんじゃね」

そう言って、目黒がさっぱりと笑う。

この、いかにもというサバサバ女子が婚活レースを一抜けしたのは、去年の冬のことだった。目黒は、スカイツリーでプロポーズをされたのだと言って頬を赤く染めた。藍子は引き攣った笑顔で賛辞を贈った。なんだかありきたりだな、と――当時、思わなかったといえば嘘になる。

けれど今の目黒の、堂に入った落ち着きを見ていると、藍子はかつての自分の考えの甘さを実感するのだった。

なんてことのない仕事の話を交わし、上司の悪口を経由して一通り息抜きを終えると、ここぞとばかりに目黒が切り込んでくる。

「そういえば田町《たまち》君だっけ。どうなったの？」

とりとめのない感じで、そよ風みたいに何気なく口に出した。けれど藍子にはわかった。

これが目黒の『本題』だと。

田町君。先日マッチングアプリで出会った、商社勤め。

藍子は丸く開いた口でしばらく、あー、と言ってから、

「どうもしないよ」

「え〜！　なんで。お家まで行ったんでしょ？　なんもないなんてある」

目黒が無邪気にそう訊ねてくる。けれど彼女の無邪気さは、入社当時ほど救いにはならなかった。

藍子は掠《かす》れる声で答えた。

「——かずみだった」

目黒が眉を八の字に下げる。

藍子は余計に恥ずかしくなって、叫ぶように言った。

「実家住みだった！」

すぅと、興味の波が引いていくのがわかる。潔かった。踏み入ってはいけないと判断したのだ。目黒のその判断は正しく、藍子もこれ以上その話題は限界だった。

「それよりいいよね。二人はさ。うまくいってるんでしょ」

「ただの社内結婚だよ」

目黒の相手は、営業部の新橋《しんばし》という男だった。

ただの社内結婚よ、と言う目黒の薬指で、誇るでもなく、喧伝《けんでん》するでもなく、指輪はただそこにあるべくしてあると言いたげに控えめな光を放つ。藍子にとっては、失明の恐れ

さえある眩《まばゆ》さで。

「日暮里君は？」

「え？　なんでここであいつの名前が出てくるの」

バイオ部門に勤める日暮里とは、目黒もまた別部署であるが、ラボを共有しているためよくすれ違うのだと言う。

「たまに二人でランチしてるの見かけるし。高校時代からの付き合いなんでしょ？　そういうのないのかな、と思って」

「あいつはさ――」

言葉の先が、沈黙に沈む。あいつは……。あいつのことは、今は違う。そういうんじゃないんだ。

藍子は、なんでもいいからとにかく言葉を継がねば、と思った。

けれど結論から言うと、その必要はなかった。

――アイコ。

耳に、再びあの囁き声が舞い込んだのだ。真隣には目黒が座っている。対面席ではなく、真横だぞ。気は確かか？

――アイコ。

「ごほん――。ちょっと、何」

咳をするふりをして口を押さえ、目黒にギリギリ聞こえないように無声音で囁く。しかし、このまま会話し続けるのは流石にまずい。

だが、キスマの告げる言葉は短かった。

——スマホを見ろ。

忠告通り、藍子はスマホへと視線を下ろした。そしてそこで息を呑《の》む。

「咳大丈夫……って、どうしたのそんなニヤけて」

目黒の声など意識の外で、藍子は今し方送られてきたそのメッセージにすぐさま返事を打った。すると間髪容れず返事が来る。さらに返事を打つ。先方から二度目の即座の返信。二度目だからこの《即座》は、信頼に足る《即座》になった。

「ヤバい」

そよ風みたいに何気なくいることは不可能だった。藍子はそんなに器用な女ではなかった。

画面を消して、藍子が言った。

「私、ゴールしちゃうかも」

4

たとえばスポーツマン体型で上場企業勤めだった彼は、デート中にかかってきた母親からの電話に出たっきり、そのまま三十分戻ってこなかった。

たとえば一つ年下で甘え上手の犬系男子だった彼は、店を出る時に財布を出す素振りさえ見せてくれなかった。

アプリを使えば、出会うことは容易《たやす》かった。

出会いの数だけの幻滅があるだけだった。

だからいかにゴールに思えても、今回もまた同じように裏切られることを覚悟していた。

恵比寿《えびす》直孝《なおたか》と初対面したのは、五反田でのランチデートだった。六本木とか青山とか、そういう見るからにキラキラとした街を選ばなかった彼は、店選びも上手かった。高級すぎもせず、貧相すぎもせず、だから別会計になっても頭を悩ませずに済んだ。

二度目のデートでディナーに行った。老年の夫婦がもう何十回目かの結婚記念日に訪れるような、慣れた感じの少しだけいいお店。別会計かなと思って、全然それでもいいかなと思っていたら、今度は何事もないように彼が払った。

今思うと、それは気遣いだったのだと思う。

男が払う。婚活界隈には、それを当たり前だと思っている女の子は多い。けれど藍子にはキャリアがある。藍子は、男が払って当然と考えているとは、思われたくなかった。彼はそんな藍子のプライドと藍子の財布、両方を守ったのだ。

そして今日が三度目だった。

決戦の日でもあった。

会話が活発に交わされ始めて一ヶ月半。ついに家に誘われた。まだ付き合ってはいない。

キスもしていない。手さえ繋《つな》いでいない。それなのに彼は、家に招待したいと言った。藍子は頷いた。なにしろ、そこには不思議なほどいやらしい感じがなかった。

駅から出る人よりも、入る人の方が多かった。少し歩き、二つの橋を渡った。音を立てずに流れる河川は海へとつながっているようで、壁のようになったビル群の格子状に並んだ部屋の明かりを受けて、光り輝いて見えた。電動自転車がやたらと走り抜けていくこと以外は驚くほど落ち着いていて、街そのものが美しく、何より安全そうだった。これが「本物」なのだという気がした。

三十階の３００３号室。すでに部屋番号まで聞いていたとはいえ、見上げて初めてわかるその高さと厳かさ。外玄関でインターフォンの前に立つと、緊張気味の彼の声が聞こえて、ガラスの自動ドアが開く。

生花の飾られたエントランスホール。エレベーターに乗って一人きり。

――気をつけろアイコ。

体が下向きの慣性力を感じて、間もなくだった。

いつも、何かと藍子の活動に口を出したがるキスマの声が、今までになく張り詰めていた。

そんな寄生生物が続けた、次の一声。

――何か、嫌な感じがする。

「えっ」

藍子は耳を疑った。

アニメーションの流れる液晶パネルの数字が10を数える。エレベーターを覆う外壁がコンクリートからガラスへと置き換わり、瞳に、夜景が舞い込んだ。

「嫌な感じって、何が？　やっぱり恵比寿さんはダメってこと？」

——いや。そういうことではない。自分でも初めての感覚なんだ。君たちでいうところの、第六感というやつだ。

数字が、20を数える。

首都高とレインボーブリッジを流れるテールランプの煌《きら》めきが繋がって、数本の長い光の河となる。

「ちょっと怖がらせないでよ。今大事な時期だってわかるよね。デートが台無しにされるわけにはいかないんだよ」

——ああ。無論のことだ。

藍子はサッチェルバッグのショルダーベルトをギュッと握り込んだ。

バッグの中には着替えがあった。メイク道具も入っていた。今日はそういう日だ。

もしかしたら選んでもらえる最後のチャンスかもしれない。

——だが、私とてなにが起こるかわからない。私は全神経をもって警戒しよう。だからアイコ。お前も、お前の切望を果たすのだ。

重力加速度から解放され、体が少しだけ浮き上がる。

シックな黒で満たされた内廊下はまるでホテルのようで、縦長の窓からは夜景に彩られた東京湾を進む屋形船が見える。角を曲がると、３００３号室の表札が目に入った。

しかし、その時藍子の頭の中に居座っていたのは、あれほど待ち焦がれた恵比寿直孝の顔ではなく、問いだった。


ねえ。あんたってさ、一体どこから来たの。これからどこへ行きたいの。本当にこのままでいいの？

本当は私の体を奪いたかった？　本当はもっと可愛い女の体に、本当はもっと強い男の体に入りたいと思ってた？　ねえ、あんたってさ。

本当は――。


藍子は、しかしそれらの言葉を飲み込んだ。それらは真面目な考えだった。だから胸の内へとしまい込んだ。真面目はダメだ。真面目はモテない。真面目は必要とされていない。思い出せ。

この世界はバケモノの方が愛される。だから今だけは、人間らしい脆《もろ》さを忘れろ。天使のような愛しさの怪物に、婚活のモンスターになるんだ。

友とも呼べぬ奇妙な仲の、それでも培ってきた信頼関係への報い。

そんな淡い思いを胸の底へと沈め、藍子は踏み出す。


「一人暮らしだから、ちょっと狭いかもしれないけど」

確かにその言葉通り、部屋は下品な広さのないコンパクトな生活空間だった。可動式の仕切りを外せば1LDKにもなる2DK。二人暮らしでギリギリ狭さを感じない程度。けれど、狭苦しいという感じは皆無だった。

藍子はすぐにその理由に気づく。

ものが少ないのだ。

ダークな色味に統一された家具に無駄はなく、本棚にはビジネス書と小説が程よく混じる。キッチンカウンターにはウイスキーとソーダストリームだけが並ぶ。

「今日は、ありがとう。駅から遠かったでしょ。迎えに行けばよかったな」

恵比寿は微笑み、真空グラスにトニックウォーターを注いで出した。

それから彼はカーテンを半分だけ開く。

ジャケットをソファにかけ、椅子に座った藍子。視線は、逃げるように窓を見つめてしまう。ランタンのようなものが置かれたバルコニーの奥には、静かな夜と夜景が見通せた。

藍子は自分の体をやけに重く感じていた。藍子の横に椅子を寄せて座った彼の、甘えるような視線に、うまく言葉が出なかった。

何か言わないと。

「あの、綺麗にしてるんですね」

「とんでもない。藍子さんが来てくれるってなって、僕、急いで片付けたんだよ。ほら、そこの棚が」

恵比寿が指した方向には埋め込み式の棚があった。その、扉が少しだけ開いている。

恵比寿は、歯を見せて笑った。

「触らないで。開けたら雪崩《なだれ》が起こるから」

「ふふ」

不意に溢れた笑い。失礼かと思って藍子はとっさに口元を手で押さえ、隣に座る彼の瞳を見つめた。それから結局口を開けて笑ったら、彼もつられて笑った。

藍子はその時、この人なら大丈夫だと思った。

一本目のワインを空ける頃には、部屋にはいつの間にかいい感じの洋楽が流れていた。

酔ってきたな。飲みすぎちゃってごめん。心中でキスマに謝りつつ、藍子は食器棚の中の起伏のないフリスビーのような皿を指さす。

「あんな平たいお皿、いつ使うんですか」

「これ？　うーん」

ワインセラーと睨めっこしていた恵比寿が視線を上げ、皿を手に取る。たくましい腕が持ち上げると、もはや円盤投げの円盤のようにも見えてくる。

「なんでこんなの買っちゃったんだろ。あ、でもたまにカルパッチョとかのせる」

「すごい。ちゃんとオシャレだ」

「いや、カルパッチョってオシャレに見えるだけで簡単だよ？　切って、それっぽく並べて、調味料をかけるだけ」

「恵比寿さんて、案外衝動的なところあるんですね。計画性ありそうなのに」

「二十年後のことは考えられても、なぜか明日の晩飯が一向に決まらないんだよね」

「わかる！　わかります」

テーブルからバルコニーに移り、その後さらにソファに移った。絶対に飲み過ぎている気がしても、そんな警報は無視した。ソファの深い部分に沈み込むと、そこが自分の最終目的地だという気がした。

そこへ赤ワインのボトルを持って、恵比寿が歩いてくる。

弛緩《しかん》し切った藍子の体に彼は触れることもせず、

「僕、藍子さんと付き合いたい」

耳元でただそっと囁いた。

「はぁ、え」

柔らかな眠気に抱かれていた脳が一瞬でクリアになり、藍子は頬を染めて切り返した。

「ふ、不意打ち！」

「こういうのって、なんか溜《た》めて言うのもダサいと思って。それに僕らまだキスしてないから。だから今なら後戻りできるかな、って」

「…………」

ソファの背もたれを隔てて、二人は溶けるように見つめ合う。互いの質量に惹《ひ》かれあってゆっくりと重力のダンスを踊る、二つの銀河のようだった。

「後戻りさせるんですか、ここまできて」

藍子が訊ねた。これまでキスマから学んできたことを総動員し、お酒の助けも借りて、なんとか捻《ひね》り出せた、藍子なりの最適解だった。

「させない」

両頬に触れた掌が、藍子の顔を柔く固定し、男は、嚙み付くように唇を奪った。

唇は堤防だった。

大きな欲望の大河と海とを隔てている堤防。

一ヶ月半、二人は平静を保ち続けてきた。大人ぶり続けてきた。堤防が崩れ、溜まりに溜まった思いは、一気に流れ込んだ。

「いい？　……ねえ、いいの？」

濁流のような接吻の合間に、藍子は、息継ぎするように言葉を結ぶ。

「僕こそ。僕なんかで。いい？　本当にいい？」

シャツを脱ぎ去り、どエロい胸筋を露《あら》わにした恵比寿が答える。

けれど藍子が問うていたのは、恵比寿に対してではなかった。首元の相棒に対してだった。この男でいいか。私はゴールしていいのか。無論、そんなことを訊ねたってキスマは「それが君の望みなら」と言うだけだと、藍子は知っている。

それでも藍子は、この八ヶ月近くを共に過ごした相棒に伝えずにはいられなかった。

「わかった、わかったわ……いいのね！」

キスマの返事を待つまでもなく、恵比寿のどエロい両腕が藍子の背中に回り込む。

ものの三秒。ホックを外し、二人して文明を脱ぎ捨てる。雪崩れ込むようにベッドに倒れ伏し、互いの体に指を丁寧に這わせる。

最古の演舞が、肉体の対話が、愛が、始まらんとする時。

キスマもまた、対話の渦中にいた。


――こんな若くもないメスに盛《さか》っちゃって。宿主《あるじ》様も酔狂なものだわ。

声が、聞こえていた。

ただ藍子に変化はない。どうやら自分にだけ聞こえているらしかった。

――この声は一体、何だ。

キスマは、藍子の五感を借りて周囲を認知している。藍子の視覚は今、愛撫のために、恵比寿というオスの体の様々な場所を飛び回っている。そして一通り飛び回り、視線は再び恵比寿の顔面近くへと戻る。

薄く見開かれた恵比寿の瞳。その左の眼球。その水晶体には、本来あるはずのない亀裂が走っていた。

——君は、まさか……！

——そんなに驚かないで頂戴。それとも、自分がそれほど特別な存在だと思って？

キスマとて無論、考えないわけではなかった。それにずっと〝感じて〟もいたのだ。だがそれは強いオスを前にした藍子の、心の乱れからくる生理学的な変調だとばかり思っていた。

思い返せば最初からずっと、感じていたのだ。

恵比寿直孝の中に同類の存在を、ずっと。

まるでキスマが首元の皮膚を食い破ったように。

——だが君は……《目》……だろう。なぜだ。私の声とてなぜ、伝わる……？

——難しい話ではないわ。両宿主の肌は触れ合っている。肌は導体でしょ？

まさか、皮膚を通して電気信号を送っているとでも言うのか。

自分に、いや自分たちに、そんな器用な真似ができようとは。

運命的な出会いを遂げたヒトの男女の演じる、むせかえるようなエロチシズム。

その内側で二体の寄生生物もまた、出会ってしまった。

——君は、そのオスに入ったのか。

——ええ。私は目を喰った。つまり彼の脳神経を喰った。半分だけね。彼の自我は残してある。私は彼の夢を叶えてあげるつもりよ。

だがいつでも体を奪える、と、そう言いたいのだろう。

藍子とキスマとの場合は違う。

——あなたのヒソヒソ声。宿主様には聞こえずとも、私には聞こえていたわ。あなたに話しかける隙を窺っていたのよ。キスマっていうのね。可愛い名前。私はヒトミよ。

——良い名だ。

時に鋭利に、時に柔らかく、時におおらかに、時に激しく、あらゆる方法で触れながら、あるいは触れないという選択肢を用いながら、人間たちは、互いの皮膚という皮膚を刺激し合う。その芸術的とも思える所作の果てに、ついに二人は生殖器の相互刺激を始める。

神々しい、とキスマは思った。

混沌とした状況の中で、一つだけ確かなことがあった。この行為。遺伝子と遺伝子を混ぜ、自分の半分を別の個体に担わせるこの行為が、キスマにとってはどうしようもなく尊い。

できることなら、もっと長く、もっと深く、藍子の体の感じる全てを、理解し、会得したかった。だが、ヒトミが発した次の言葉で、キスマは宿主の身体感覚を傍受する余裕を失った。

——ねえ。こっちへ来ない？　この男のほうが、ずっと安全よ。

その提案はキスマにとって、青天の霹靂《へきれき》であった。

――宿主を移動するだと？　だがそんなことは……。

――私の宿主様とメスはこのまま交尾を続け、疲れ果てて眠るわ。そうしたら私が宿主様の体を動かして、あなたを迎えに行ってあげる。

ヒトミは、出会った瞬間から見抜いていた。キスマが願うたったひとつの願い。寄生生物が抱く、たったひとつの空虚な欲求。

ただ、己の身を守るということ。

――私が宿主様の脳を食べ尽くさなかったのはね、私たちが空っぽだからよ。だから私は宿主様の望みのために生きることにした。宿主様の望みは、宿主様が生きていなければ消えてしまうでしょう？

生殖という欲求すら持たず、たった一代で滅ぶことを宿命付けられた、生物とも呼べぬタンパク質の出来損ない。

――私はもう何年もずっと寂しかったの。だから同類に会えてすごく嬉しいのよ。ねえ。考えてみて。二人暮らしじゃちょっとだけ狭いかもしれないけれど。ね？　おいでなさいよ。

リズミカルに揺れる体。

肉体に積み上がる性的興奮の高まり。

そのどれもが細やかなノイズになって、キスマの意識から遠ざかっていく。それからシャワーに入り、キスをして、抱き合った宿主たち。肉体は行為ののち案の定眠った。その安らかな無防備の中でキスマは、たった一人考え続ける。

＊

鳥のさえずりの代わりに聞こえたのはジェット機の音だった。

瞼《まぶた》を貫く明るさに、藍子は、額に手でひさしを作った。開け放たれた窓から吹き込んだ風が、白いカーテンを遊ばせている。朝日だった。高層なのに、六階の藍子の自室と同じように朝日が差し込むことが、ちょっと不思議だった。

「起きた？」

声が聞こえて、藍子は首を回す。彼の姿を見つけるより早く、コーヒーのいい香りが鼻を掠める。キッチンの方。湯気を上げるマグカップを片手に、iPadを見つめる恵比寿の姿があった。

恵比寿はマグを置き、こちらに歩いてくる。藍子はとっさに布団を手繰り寄せ、前を隠した。背中に回った男の体重がぎしりとベッドを鳴らし、ゆっくりと伸びてきた腕に、藍子はやがて体を任せた。

「早起きはするもんだね。気を抜いてるところが見られて僕はラッキーだ」

「いじわる言わないで」

口づけをかわす。実在を確かめる。嘘ではない。

体は目覚めた。

だが夢は覚めなかった。

藍子は散らかった衣服をとって、洗面所に立った。まだぼんやりとした頭で顔を洗っていると、背中にマフィンでいい？　と声が飛ぶ。マフィンがいい。返事をしながら、藍子は想う。噛み締める。

「ね。私、やったよ」

抑えた声で、抑えられない興奮を胸に、藍子はそう囁いた。

「私、やった。私でもできた。選んでもらえたんだ」

バケモノの相棒へと無邪気に告げる。もうとっくに目覚めているはずだ。そこで聞いているはずだ。私の声を……！

けれど静かだった。

鏡に眺め入り、首元にできた醜いキスマークへと視線を絞る。藍子はその発疹を指で突いた。強く、皮膚に爪を食い込ませるように。

「あれ。なんだろう、なんか変だな。ねえ、キスマ」

そうして藍子は気づく。

気づきを、言葉にする。

「そこに、いない……？」

5

「クリスマスディズニーだって予約してくれたんだよ」

根元に衣のかすかに残った串を、藍子はまるで指揮棒のように振る。

聞き手の日暮里哲人は、箸休めのキャベツをハムスターみたいに齧《かじ》っていた。

「チケット解禁三十分前から画面の前に張り付いてさ。忙しいはずなのに、すごくない？　連絡もまめにくれるし、モテそうなのに全然こっちを不安にさせるそぶりもなくて。上手くいってるかって？　上手くいってるよ。ちょっと怖いくらい。私、うん、怖いくらい好きなんだと思う。……すごくない？」

たったのサワー二杯とハイボール一杯だ。

たったのそれだけで、自分はペースを乱している。頰は、まるで思春期の少女のようにみっともなく紅潮しているのだろう。

「この私が。こんなに愛されてるって。すごいでしょ」

ハイボールの二杯めを飲み干し、藍子は日暮里の顔をじぃっと見つめた。

「よかったじゃんか」

日暮里は控えめな微笑を浮かべ、静かに言った。

「来週ディナー誘われてるんだ。どこで食べるのって訊いたら、秘密、だって。それでちょうど昨日、朝起きたらさ、いつもは使ってない棚の引き出しが少しだけ開いてたの。中を見たらリングゲージがあったんだ」

日暮里が眉を顰める。

「リングゲージってのは、ほら。指のサイズを測る輪っか。あれ」

「ああ、あれか。なるほど」

ようやく意図を理解した日暮里が笑みをたたえた。

「それは……おめでとう」

どこか、覚悟を持って表明された祝福の笑みだった。

藍子は背中を反らせた。

年季の入った半透明のケースを見上げるカウンター席。椅子には背もたれもない。まるで別世界だった。けれど、こっちの方が自分の居場所のような気もしている。

しばらく黙って結露したジョッキを見つめていると、日暮里が首元を覗き込んできた。

「あれから何もないの。体調の変化は」

藍子は、首元の傷跡にそっと指を這わせた。近頃はそれが癖になっていた。半年前までそこにあったぷにぷにとした亀裂は、薄い皮膜が張るように塞がっており、もうひとりでに喋り出すこともない。

「ないよ。ジャスト健康体」

「そうか」

日暮里にキスマのことを話したのは、キスマが口をきかなくなって一週間後のことだった。驚くべきことに日暮里は冷笑一つせず、最後まで馬鹿真面目に向き合って聞いてくれた。信じてくれるの？　と藍子が訊くと彼は「信じる信じないじゃない。それを前提に考えていこう」と答えたのだった。そう言われて藍子は、日暮里のことを初めて頼れるやつだと思った。

そして――キスマが戻ることのないまま、半年が経った。

「あいつは結局なんだったんだろう」

ぼんやりと訊ねる。

日暮里は少し難しい顔をしてから語った。

「ミトコンドリアってわかる？」

「理科の教科書で見たかも」

「そう。今は細胞小器官として、エネルギー変換の役割を担っている。で、俺の働いてるバイオ部門で、上の連中が好きな話があるんだけど、それはこのミトコンドリアが元々は寄生虫だったんじゃないかという仮説でさ」

藍子は紅生姜串を一口齧った。

ずるりと衣だけがはがれ落ちた。

「え、だから何」

「ミトコンドリアを取り込んだことで、微生物はより多くのエネルギー代謝が可能になり、進化を遂げた。わからないか？　寄生生物を使って、人間を進化させられるかもしれない、ってことだよ」

日暮里は説明の合間にジンジャーエールを口に運んだ。

「だから、もしかしたら彼は作られた生き物なのかもしれない。けど、作られた生き物には、欠けているものがあったんだと思う」

「何が欠けてたの」

「わからない。俺も彼女、あるいは彼に、直接訊いてみたかったよ」

隣に座っていた男女が席を立った。時計を見ると結構な時間になっている。喧騒《けんそう》に包まれていた店の雰囲気も、だいぶ落ち着いてきていた。

「っていうかさ」

日暮里は囁くように言った。

「飲みにきてよかったのかよ、俺と」

そんな立派な彼氏がいるっていうのに、という部分が、綺麗に隠されていた。


どの口が言うのか、と藍子は思った。

どの口が。

この十数年でそれらしい機会は二度もあった。初めは高校二年の学園祭。ネットフリックスの海外ドラマに憧れていた当時の生徒会が催したプロムパーティじみた後夜祭。バルーンの回収係に指名された藍子と日暮里は、屋上に二人きりだった。互いが互いに、同性の友達から冷やかされ、追い立てられるようにそこに来た。藍子の手は、繋がれることを待っていた。日暮里の手はどうだっただろう。

次の機会は入社三年目。院卒の研究職として入社してきた日暮里と再会したのは社員食堂だった。藍子は三年目にして大きなプロジェクトと新人教育係を兼任させられ、オーバーワークの渦中にあった。久々の再会。酒と共に酌《く》み交《か》わした、それぞれの物語。元彼と別れて三ヶ月という頃合いも相まって、あと少しというところまでいった。どちらかがあと少しだけ相手の手を引けば、一夜を共にするくらい訳なかったのに。

ただ、結論だけは明らかだった。

どちらも相手を選ばなかった。

そしてその積み重ねが、二人を今の距離感に固定した。

「ダメ、なの?」

肘で顎を支えながら、藍子はとろんとさせた瞳で訊ねる。

「ダメなら、どうダメなの? 哲人」

串カツ屋だというのにキャベツばかり齧る。理不尽な長時間労働と、それに見合わない給与に疲れ果て、目の下に二重のくまを作った理系職の男。受験期の鬱憤ばらしで悪いことをしようと言って、最初に未成年飲酒したのも、思えばこの男とだった。

「私たちダメなことしてる？　ダメなことしそう？　ねえ哲人。私、このままだと幸せになるけど……いい？」

けれど別に、踏み込むつもりはなかった。

強いていうなら、自分の余裕の確認のためだった。そう。これは藍子が藍子自身を試しているに過ぎない。

その証拠に、彼は――。

「なんで、俺に訊くんだよ」

怒るでもなく、笑うでもなく、ただ少し拗《す》ねたようにそう告げる。

ああ、やっぱりな。そうだよな。

日暮里哲人って、そういうやつだよな。

藍子はそれで諦めがついたのだった。長い逡《しゅん》巡《じゅん》をやっと終わらせることができたのだった。

「っしゃあ！」

藍子は勢いよく立ち上がった。そして拳を突き出した。

「玉の輿、ファイッ！　オー！」

来週、自分は選ばれる。だが結婚するまでは一秒たりとも気は抜けない。もはやバケモノの助けも望めない。

自分の力で、幸せになるのだ。

6

背中の開いたドレスを着たのなんて、いつぶりだろう。

いつもよりちょっとだけオシャレをして。と、そう言った彼は今、コム デ ギャルソンのスーツを纏い、スタンスミスのスニーカーを履き、バチバチに固めた髪で歩いていた。そんな彼に連れられ、藍子は目隠しされるような気持ちで日の落ちた麻布を進んでいる。

藍子は覚悟を固めていた。これから、このデートがどんな結末に至ろうとも、受け入れるつもりだった。

かつて藍子は、ドキュメンタリー風番組で紹介されるフラッシュモブを見て、声を上げて嘲笑った。〝いかにも〟という格好で跪《ひざまず》き、かめはめ波を撃つみたいに腕を突き出しリングケースを開くあの仕草が、必死すぎて見るに堪えないと思っていた。

今は違う。

あの、二人だけの結界とも呼べる不思議な空間。あの至高の領域に至るまで、どれほどの歳月と信頼関係を積み上げてきたのかが、想像できるのだ。

恵比寿が立ち止まり、視線を上げた。「ここみたいだね」藍子の腕をそっと引き、中に入った。噴水が見えるガラス張りのロビーで、エレベーターに乗り込む。ぐんぐん上昇する高度。エレベーターが止まったのは最上階の、五十階だった。

来るならこい。

もういっそ動画配信とかされていてもいい。

だから、最高威力の一撃を撃ってこい……！

そう構えていた藍子を迎えたのは、驚くほど静かで整った空間だった。

フロア一面に敷かれた、高級感のある黒い絨毯《じゅうたん》。広い部屋の中心に忽然《こつぜん》と置かれた、テーブルと二つの椅子。それらを照らす蠟燭《ろうそく》の灯《あか》り。そこに、お辞儀をするウエイターが一人。

「すごい……」

もっと騒がしいものを想像していた藍子にとって心からの言葉だった。

正直に言って、わからなかった。貸し切りになった最上階、必要最低限のスタッフ配置、寂しささえ覚える静けさ。非現実的な風景だ。だが、これが格調というもの？　これがハイスペということ……？

席に着く。

そこから流れ始めた凝縮された時間を、藍子は今後一生忘れることはないだろう。この空間を用意するためにどれほどの下準備と費用がかかったのか考えないようにすることで必死だった。

藍子は自分に問いかけた。問いかけずにはいられなかった。果たして、自分にここまでのことをされる価値があるのか。選ばれる資格があるのか。

だが、と藍子は自らの首筋に手をやり、想起する。

キスマだったらここで自身を卑下したりしない。それは彼が何も尊大な性格だったから、ということではない。それは彼の紛れもない戦略だった。

自信とはつまり、決意表明なのだ。

本当のところ自分にはその価値がないとしても、価値があるかのように演じ続ける覚悟があるかどうか。弱気で無価値な人間でいることに甘んじず、気高さと気品で武装した愛されるバケモノになれるかどうか、いや――なろうとしているかどうか。

この婚活《ゲーム》は、遺伝的特性《ツラのよさ》だけでは決まらない。自信を持つこと、その一点において、努力のしがいのある、戦略的な戦いだった。

「気に入ってくれた?」

「うん。とっても」

デザートまで食べ終えたところで、シェフとウエイターがテーブルの横までやってきて頭を下げ、厨房《ちゆうぼう》の方へと去っていく。

揺れる蠟燭の光と、抑えた音量のクラシックだけが残される。

「なんとなく察してるかもしれないけど、ここはさ、何にも知らないって顔してくれてると嬉しい」

恵比寿が白い歯を見せながら笑う。こんな大仰な舞台装置を整えていながらも、茶目っ気を忘れない。どこまでも抜け目ない男。彼もまた愛されるバケモノだ。

「実は、話したいことがあって」

来た。

全身の筋肉が硬直し、藍子は、無理にでも力を抜こうとした。恵比寿の右手がジャケットの内ポケットを漁《あさ》り始める。ずっと待っていたこの瞬間。見え始めたゴールテープ。そのいっとき。

藍子の頭に浮かんだのは不本意な絵――腐れ縁の男の力無く垂れた目元だった。

なぜ？　と。思えば思うほどそのイメージは打ち消し難く、解像度を増す。日暮里哲人。しかし予兆はあった。なぜ藍子は、ずっと彼に恋愛相談まがいのことをしていたのか。なぜ、たいして気の利いたことを言ってくれないと知りながら、彼に逐一婚活の進捗を話していたのか。

藍子は歯をくいしばってテーブルクロスを握った。そうか。

藍子は想う。私は彼に祝福して欲しかったんじゃない。

彼に、ショックを受けて欲しかったんだ。

こんな気持ち、気づかない方が幸せだった。

「……藍子っ！」

完全に不意のことだった。聞こえたのは背後から。慌てて後ろを向く。

そして、藍子は間抜けな声を漏らす。

「えっ」

「藍子、大丈夫か!?」

激しく息を切らし、何か分厚い資料のようなものを胸に抱えた日暮里哲人は、白衣姿のままだった。なんでここに？　なんでそんなに息を切らして？　それ以前にその格好！　そんな目立つ格好でこの《ハイスペの領域》まで上ってきたっての？　正気!?

わけがわからなかった。だが彼女にとって今、大事なことは一つしかない。この一瞬。藍子は、淡い期待を抱いたのだ。焦った彼の表情にときめいた。まさか、そんなになってまで止めに来てくれたのか、この男との結婚を……！

そう。

港藍子は、おめでたい人間だった。

そんな藍子の気を知ってか知らずか、切迫した表情で日暮里が叫ぶ。

「藍子、そいつは、恵比寿直孝は——弊社《うち》の生物実験の初期被験者だ！　《美容寄生種一號》の、宿主だ……！」

藍子が首を回す。そして目撃する。男の懐から取り出されたのはサテン張りの瀟洒《しようしや》なリングケースではない。

刃渡り十二センチのサバイバルナイフだった。

7

恵比寿はナイフをじっと見つめたまま、ボソボソと口を動かしている。

そんな恵比寿を視界に入れながら席を立ち、恐る恐る一歩ずつ後ずさる藍子の背中へと、日暮里の声が飛んだ。

「弊社《うち》のバイオ部門が密かに研究していたんだ。寄生生物をまるで化粧のように使えないかという馬鹿げた研究を！　それが《美容寄生種》だ！」

「えっ、はぁ……!?」

甲高い声を上げる藍子。あまりに当然の反応。

「なんで化粧品会社が、寄生生物《バケモノ》を作るの……!?」

「それは君が一番よく知ってるはずだ」

日暮里のその答えに、思い当たる節がないと言えば嘘になる。相手に気を配るあまり、自分を卑下し、モラハラにばかり引っかかる。婚活で連敗中だった藍子を冷徹な合理性によって《愛される人》へと変えた。

まさか弊社が、ブラックのみならずマッドだったとは信じたくもないが……。

「俺はキスマを知って以来、ずっと身内の動きを探っていた。ついに突き止めたと思ったらこれだ。恵比寿直孝は八年前までアルバイト生活だった。だが、《美容寄生種》を宿してから——豹変《ひょうへん》した！　いつかの君みたいに」

藍子は早い段階でその真理に気づいていた。この世界はバケモノの方が愛される。倒錯しているが、それは厳然たる事実だった。

相手の気持ちを考えない人間の方が、バケモノの方が——愛されるのだ。

藍子が恵比寿を、愛したように。

「キスマは研究員のミスで何故かセールス部門の販路に乗ってしまった脱走個体だが、恵比寿は正規の施術を経て寄生を受けた強化人間だ。そして実験期間を終えても《美容寄生種》の摘出に応じず、果ては姿をくらましていた。……君は本当にツイてない女だな!!」

矢継ぎ早に喋った日暮里が、胸元の資料をフロアにほっぽり出した。そして抱えていたビニール袋の中から、大容量入りのアイポンを取り出す。

「俺も黙って殺されに来たわけじゃない。コレを買ってて遅くなった。キスマが嫌がったコレなら、やつにも効くはずだ……！」

日暮里が、アイポンを抱えてこちらへと走り寄る。

だが、そこへ、

「雑魚《ザコ》オスが」

声が、ぬっと入り込んだ。

異常な速さで動いた恵比寿の体が、二人の間に割り込んでいた。そして恵比寿はナイフを持つ手で、日暮里の腕の中からアイポンを弾いた。爆竹を耳元で鳴らすような音だった。

信じられない速度で吹っ飛んだアイポンが窓にぶち当たると、一瞬置いて、一面のガラスが粉々に砕け散る。

ビュンと、吹き込むビル風。

その衝撃が冷めやらぬうちに、スポーツ選手並みの反射神経で動いた恵比寿は、空いている方の手で日暮里の顔面を摑み、

「ごちゃごちゃと、うるさい！」

ラグビーボールを飛ばすみたいにぶん投げた。

日暮里の百七十三センチの体が、二度フロアをバウンドして、壁に激突する。

とても、人間の腕力ではない。

そこでまた、ぼうっとしたように虚空を見つめ、ぼそぼそと口を動かす恵比寿。その感じ。覚えがある。彼もまた、己の中に棲《す》むバケモノと対話しているのだ。

「なっ、なんで……」

震える声で、藍子が訊ねた。

「それはどういう意味だい。君の殺害場所をここに選んだ理由？　それとも、この半年以上付き合っていた理由？」

恵比寿の左目の宇宙みたいな瞳の中は、異様だった。本来放射状に走る人間の虹彩《こうさい》とは明らかに異なる、真一文字に裂けた黒い虹彩。まるで目の中に《口》があるような……。

「ねえ、私、プロポーズされるつもりで、ウキウキでここに来たんだけど、なんで、こん

な……」

「何故かって？」

ギョロリと、恵比寿の瞳が左右別々に動いた。

「鈍いな。それでも本当に宿主か？　知られたからだよ、僕が宿主であることを」

「知らなかった、んだけど……そか。今知っちゃった、最悪な形で」

藍子のそのきょとんとした顔と、作為のない物言いに、恵比寿は一瞬面食らったように目を見開く。

だが、ペースが乱れたのはほんの束の間である。

彼はすぐに、獰猛《どうもう》な攻撃性をむき出しにした。

「君が知らずとも、君の中の寄生生物はそれを知っている。ヒトミが出会ったと言っていた。あまつさえ〝移住〟の提案を断ったとも」

「は……？」

じゃあ、何か。

あいつはこの男の中に寄生生物がいると、知ってたってこと？

知ってて、黙ってた。黙り続けていた？

なんでそんな——。

「知られてしまったからには、僕は保身のために動く。すまない藍子、君と結婚してもいいと本気で思っていたのに。君の中に潜む寄生生物をずっと警戒していた。確実に殺せる場所を用意するのに半年もかかった」

それが、この空間だというのか。

何もかも、滑稽《こっけい》なほどの勘違いだった。自分を喜ばせるために準備してくれていたと思っていた場所は、対寄生宿主用の決闘場だったわけだ。

なんだこの人生。なんだこの茶番。

ふざけんなよ……！

「ここでお前たちを始末して、僕はハイスペとしての人生を続行する。それが僕とヒトミの約束だからな」

だが、その瞬間。

藍子は見た。

それは切ない幻影だった。

そのハイスペ男、恵比寿直孝が背負っている、背負っていたであろう過去――。誰からも愛されず、必要とされず、生きてきたのだろう。そこへ現れたのだ。キスマのような、合理性のバケモノが。彼は縋《すが》った。縋らずにいられようものか。経験者なればこそ、藍子にはその幻影が見えたのだ。彼もまた必死だったのだ。誰かに必要とされたくて、選ばれたくて必死だった。

「すまないが死んでくれ」

そして藍子の瞳は、地面を蹴ったスタンスミスの白いソールを捉えた。アスリートのスプリント並みだった。寄生生物が肉体の潜在能力を解放しているのだ。

拡張された意識の中で、藍子は思った。こんな場所で死ぬのなんて馬鹿げている。こんなのはおかしい。だけど。縋ったじゃないか、自分だって。

人のこと、言えんのかよ。

ダメだ。もう。やめよう。私はツイてない。史上最大にツイてない女なんだ。だから、諦めよう。生きることも、モテることも、何もかも。

「!?」

次にその場を満たしたのは、恵比寿の驚愕《きょうがく》。

刃は、腹部を貫くことなく、藍子の脇腹の真横を通過していた。藍子の伸ばし切った両手が恵比寿の肘の内側を押さえ、その隙に藍子は体をずらしたのだった。

それは護身術の一種だったが、おかしな話だ。

藍子は護身術など習ったことがない。

体が、自《おの》ずから動いていた。

そして藍子は、半年ぶりにその声を聴く。

《アイコ！　姿勢を低く落とし、距離を取って相手から目を背けるな！》

声に突き動かされるように、藍子は腰を落としてレスラーのような姿勢をとる。

二人の人間と、二体のバケモノが、対峙《たいじ》した。

＊

待ち侘びた声。待ち侘びた再会。藍子の頭に浮かんだのは、罵倒、叱責、泣き言。

だが当の彼はそのどれも、口に出すことを許さなかった。

《口に出すな。いいか、私の名前を呼びもするな！》

恵比寿の眉がぴくりと動く。そして再び宙を見つめ、ボソボソと内なる存在と言葉を交わす。

揺蕩《たゆた》う視線が、藍子へと注がれた。

「ヒトミが、やはり同族の反応を感じないと言っている」

恵比寿の左の瞳の中に、蠢く口元が今度こそはっきりと見えた。眼球の中に居るからヒトミ……なんて安直なネーミングか。しかし藍子も全く人のことは言えない。ああ、そのセンスからすでに私たちは同レベルなのか……。一周回って湧いてくる親近感。

「なおさら残念だよ。君が寄生生物を失ったとわかっていれば、あるいは僕らは、結ばれることができたんだ」

恵比寿が本当に悲しそうな表情を作った。

光栄だ、と思った。素直に、少しでも想ってくれていたことに、嬉しさを覚えてしまう。そんな自分が素直に惨めでたまらない。

《いい傾向だ》

キスマが静かに言う。その声はもはや首元から聞こえているのではなく、脳に直接語りかけられているようだった。

《このまま君は、私がいないふりをし続けろ》

《どうして》

藍子は、頭の中で言葉を紡いだ。

《不意打ちを狙うためだ》

《違う！　なんで、半年も音信不通だったかって話！》

藍子は口を真一文字に結びながら、怒鳴ってみせた。怒りを、声に出せないせいで、脳みそが頭蓋骨からはみ出しそうだった。

《ずっと考えていたんだ》

だが、キスマの声に動揺はない。

それどころか、何か、清々しさのようなものがあった。

《考えていたら、深い海に落ちるように私は沈んでいった。心地よい窒息だった。だが君の命の危機によって今、呼び起こされた》

百幾十日分の思い出を話してやりたかった。

けれど、そんな時間がないことぐらい藍子にもわかっていた。

じり、じり、と恵比寿が動く。

《私は君の命に近づきすぎた。そのためにヒトミに勘づかれずに済んでいるようだが、君の体を前のように制御できない。今私にできることは、君の知性と筋力のアンプになることだけだ》

自分一人の命であれば、投げ出していたかもしれない。けれど、日暮里は気を失ったままだ。今逃げ出すということは、彼を見捨てるということになる。

自分を選べなかった男。勇気のない雑魚男。

見捨てるなんてとてもできない。

そしてその気持ちは、キスマも同じだった。

《私は君に生き残ってほしい。だから忌憚《きたん》なく言う。君にできることはたったひとつ、不意打ちを仕掛けることだ。窓際を見ろ》

藍子はちらりと視線をやった。途方もない力によって打ち砕かれた窓からは、ビル風が吹き込んでいる。

キスマの言う通りである。キスマと藍子の意識は隣接している。だから藍子は、キスマの思惑をつぶさに理解できた。いくら宿主であろうとも、藍子と恵比寿の間には超えられない筋力差がある。けれど高さというものは、人に平等に牙をむく。

生き残るための唯一のすべ。それは窓際に誘導し、不意打ちで突き落とす、ということ。意図がわかったとて、躊躇《ため》いが胸に積もる。そんなこと、本当に自分にできるだろうか。

こんな、なんの取り柄もない自分に。曇った藍子の心を晴らす手段を、けれど彼は知っていた。

《君ならできる》

雲間から差す光のように、その声は藍子の胸の底へと届いた。

藍子が決意を固める。

「こ、こないで」

作るべき表情の設計図は、すでに頭の中にあった。だらしなく垂れた頬、力なく震える口元。闘争心のかけらもない、怯《おび》え切ったまなじり。差し伸べられる手をただ怠惰に待つ、哀れで間抜けな生娘《きむすめ》。

「信じてたのに。なんでこんな……」

じり、じり、と退いていく。

だが、それら一個一個が恵比寿を誘う罠だった。

恵比寿は罠に落ちた。

「さよなら。君の作るビシソワーズ、嫌いじゃなかったよ」

ああ、恥知らずな私。よくもそんなわけのわからない名前の料理を、背伸びして作っていたもんだ。本当の得意料理は、レンジで作る豚しゃぶもやしだったんだ。

恵比寿が一気に仕掛けた。直線距離にして五メートル。だらしなく弛緩させた四肢の下、藍子の心は、しかし構えを取っていた。ナイフが腹に触れる直前、渾身《こんしん》の力で腕を取り、恵比寿を窓から突き落としてやるつもりだった。全ては思惑通り進んでいた。

だが、

「ナイフを離せ、このッ！」

たったひとつの藍子の誤算。

それはいつの間にか意識を取り戻した日暮里哲人が、恵比寿めがけて走り込んできたということ。

「ギャルソン野郎――ッ！」

雑魚もやしのくせに。

理系のくせに。

全身をガタガタ震わせながら、それでも彼の出せるおそらく全速力で、瞳だけは必死に見開いて。


藍子は思った。強く想った。なんだよ。

なんなんだよ。

そんなに命懸けで守ろうとしてくれんなら、必死になってくれんなら。

告白ぐらい、できなかったのかよ。


私へと伸びていた恵比寿の意識が、一瞬で日暮里へと移る。そこからは早かった。恵比寿の逞《たくま》しい腕が日暮里の胸ぐらへと伸び、理系男子はなすすべもなく、窓際へと追いやられる。日暮里の体が、宙へと投げ出される。

その瞬間、藍子は加速した。

全身に感じたことのない力が漲《みなぎ》るのがわかった。キスマが力を貸してくれたのか。だが、コンセンサスを取る時間など皆無だった。

藍子は左腕を伸ばし、日暮里の体を部屋へと引っ張り戻す。すると当然、藍子の体の方が空中へと投げ出される。だが藍子は負けず嫌いだった。落ちゆく体、閉じる人生、一人で終わってなどやるものか。

藍子は残る右腕を使って、恵比寿の腕を思い切り引いた。

二人と二体は、自由落下を始めた。

8

真っ白な空間に椅子が二つ。一つには藍子が座り、もう一つにはぬいぐるみが置かれている。ヴィレッジヴァンガードの棚の奥深くに隠されているような、やたらとグロテスクな見た目をした、三ツ目のエイリアンのぬいぐるみである。

「キモいんだけど」

藍子はそう言った。

声が、エコーがかって感じた。

「ここは君の心象だ。それが君の、私に対する印象なのだろう」

ああ、そういうことか。と、藍子は頷く。もう死んだのかと思ったが、それにしてはやたらと焦燥感がある。体は……今も落ちている最中なのだ。

「じゃあ可愛いかも」

けれど、焦燥に駆られながらも、不思議と落ち着いて話すことはできた。

キモ可愛いエイリアンのぬいぐるみが言った。

「君に、伝えなければならない」

どういう理屈で形作られているのであれ、この時間は、藍子にとっては得難い時間に違いなかった。

「半年考えてたことの内容？」

ぬいぐるみがこくりと、いやぐにゃりと頷く。

「私が何なのか。そしてなぜ君に出会ったのか。その答えがわかったんだ」

そうしてぬいぐるみは、キスマは、三ツ目をそれぞれ動かし、藍子をじっと見つめながら告げた。

「ずっと君のことが羨ましかった」

胸に去来する驚き。けれど、思ってもみないこと、というわけでもない。そんな気がしていた。その言葉がキスマの口から直接出てこその驚きだった。

「君の抱えるどうしようもなさの全ては、私の光だった」

どのどうしようもなさだろうか、と藍子は考えてみた。それは、真夜中空腹に耐えかねて冷凍おにぎりをチンして食べてしまうことだろうか。それは、頬の弛《ゆる》みが増すごとに試供品コーナーのスキンケア商品に飛びつくことだろうか。

それとも、

「婚活が、ってこと?」

口に出してみて、けれど藍子はどれでもないことをすぐに理解した。

そのどれもだ。この身に宿るどうしようもなさ。命のすべて。

「私の記憶は、薄暗い実験室から始まる。いくつもの遺伝物質をつなぎ合わせ、私は創られた。私は自分の生のためにしか生きられない。空虚なことだ」

穏やかな口調で彼は言う。

「君は違う」

「うん」

藍子は相槌を打った。

ぬいぐるみのバケモノが、少し微笑んだように見えた。

「君は長い道を歩き、ここまできた。君という存在一個の後ろには、人間だけではない、遺伝生物が紡いできた連綿とした命の歴史が横たわっている。君の持つ遺伝子は、無数の淘汰《とうた》によって今に運ばれてきた。そう、つまり君は――」

バケモノの言葉は、とうにバケモノらしからぬ温もりを持つ。

彼は、おもむろに告げる。

「君は、もう、選ばれている」

藍子の左目から、つう、と涙が伝って、落ちていった。伝ったのはその一滴だけだった。あとはうねる激情に飲まれて、あらゆる細やかな感情が体の外へと押し流されていった。

藍子はただ黙って聞いていた。

一言一言を、聞き漏らさぬように。

「だから、もう少し信じてもいい。全生命の滅びの歴史が君のための淘汰だったと、それぐらいに誇《イキ》ったっていいんだ。命とはそういうものだと、私はわかった」

「そっか」

その三文字の中に、藍子は詰め込んだつもりなのだ。

すごい、ちゃんと言語化してて、そりゃ半年ぐらいかかるよね。うん、いいよ。ありがとう。もう怒ってないから。だから、それ以上言わなくたっていいのに。

けれどバケモノは、雪解けのような笑顔で言うのだった。

「私は君のどうしようもなさの一部になれてよかった」

まるで寄生生物らしからぬ、キモいぐらいの笑顔で言うのだった。

「大丈夫だ。次はちゃんと選べるさ」

9

高層ビルみたいに聳《そび》える点滴台と、電線のように垂れるチューブに囲まれたベッドの上で、目を覚ます。入院生活三日目の朝だった。いまだに自分が目覚めることに違和感があった。

五十階という高さから落ちて、生きていられるはずがない。

けれど現に心臓は脈を打ち、肺は胸郭を内側から押し広げている。包帯が巻かれているのも左腕だけ。車椅子があれば庭にだって出られる。医師も、新聞記者も、災害研究の専門家も、幾人もがこの状況を説明しようと試み、ことごとく失敗してきた。

生かされた理由を知るのは、藍子一人。

藍子は無意識のうちに右手で首筋に触れた。この一年で身についた癖だった。

藍子は、頬を濡らした。

とめどなく、それは溢れ出続けた。

「ありがとう」

皮膚は塞がり、亀裂は完全に埋まっていた。

あの瞬間。

落下にかかったのはわずか六秒だった。その六秒で体が何をおこなったのか。藍子にその記憶はなかった。ただ落下した瞬間、確かに恵比寿の体は下にあり、クッションとして機能した。生きることに固執する寄生生物同士、その六秒で、戦ったのだろうか。宿主の体を守るために、殺し合ったのだろうか。

だが、それにしたって無事なはずがないのだ。

藍子はあの場で一度死に、そして――、

「ごめん……」

キスマが自らの命を犠牲に、破壊された藍子の体を修復した。そうとしか思えなかった。胸に当てた手は、自分ではない別の誰かの体温を微かに感じ取っている。非論理的だとわかっているが、今もキスマの命がこの体を巡っている。そう思えてならなかった。

がらり、と音が聞こえて、藍子はまなじりを拭い顔を上げる。三日目にしてようやく解禁された面会。敷居を跨《また》ぐように立つ日暮里哲人が、充血した目を向けている。

「大丈夫、なのか……？」

「みたい」

藍子が答えるよりも早く、理系男子は飛び出していた。ベンチの選手と抱き合うサッカープレイヤーみたいに駆け寄り、跪く。

「よかった」

と言って、さめざめと涙を流す。

なんか今日は、入れ代わり立ち代わりで誰かが泣いているな、と藍子は思った。

「なんで生きてるのか、わけわかんないけど、よかった」

「あはは、だよね。私も」

本当に、なんで生かされたんだろう。とか、考えてみる。だが所詮は感傷に浸っているだけで、頭ではその意味をちゃんと知っている。

「そんな泣かないで。ね」

ベッドの端っこに顔を埋め、肩で息をする理系男子の頭に、藍子は手をやった。もしゃもしゃと、ボサボサの髪を手櫛《てぐし》する。頭皮から伝わる熱が、彼がだいぶ急いでここに来たことを示している。

なんだか犬みたいだなと思った。


その翌日も日暮里はやってきた。

先日は無断欠勤で、今日は有休を取ったのだと言う。外出許可も出たので、せっかくなので日暮里に車椅子を押させることにした。

木漏れ日の院内庭園を進んでいる時だった。ふと、藍子が訊ねた。

「あんたさ、今フリー？」

「いや、社畜だけど」

「真面目に訊いてんだって」

「交際の有無ってこと？　ないけど」

今でも思い出すのは、あの学園祭の夜。藍子は、実を言うと完璧に、付き合うと思っていた。だから友達のまま迎えた翌日、ひどく傷ついたことを覚えている。

あれが原点であり、そこからはずっと意地だった。

意地が保っていた均衡もあった。ただ、お互いが傷付かないように、というありきたりな両成敗の理由付けでは、自分に甘すぎるということも藍子はすでに知っていた。

「じゃあ結婚願望とかあるの」

「うーん、まあ。できたら」

「ふーん」

それでも選ばれたかった。

なぜ選ばれたいと思っていたのか、今ならわかる。

それは、まるで炎上覚悟で言います、と前置きするようなチャチな予防線。もし、その後の人生がダメになったとしても言い訳ができるように、受け身を取れるように、逃げ道を作りたかったのだ。

だから。

——大丈夫だ。次はちゃんと選べるさ。

そっと目を閉じる。

ガタガタと点字ブロックを踏む車輪の音と、車輪の後ろに寄り添う足音だけが、心の中で像を結ぶ。

「哲人、もしよければだけど」

この世界のすべての淘汰が自分のためにあったと言い張るような、そんなバケモノじみた傲慢さでもって。恐れも、不安も、何もかもこの手でねじ伏せるような、そんな無鉄砲な希望を胸に。

「私と結婚してください」

港藍子、30歳、独身。

自ら、選んだ。

福祉兵器309

I

砂風の吹き荒《すさ》ぶ乾いた大地を、一人の老兵と一羽の類馬《ルイバ》が駆けている。

片目を眼帯で伏せた老兵は、防塵《ぼうじん》コートを纏《まと》い、背中には身の丈と変わらぬ長ものの武器を背負う。その顔には無数のシワと傷とが重なっていた。歳《とし》はゆうに七十を越えていたが、異様に引き締まった首筋や、手綱を握る腕の逞《たく》ましさから、ただものではないとわかる。

名は円狗《エンク》という。

彼は、辺境の村落・淵《ふち》ノ村《むら》にて二十メートル級の怪物の出現報告を受け、急ぎ向かっているところであった。

円狗は手綱を強く引いた。嘴《くちばし》にかけられた轡《くつわ》を引っ張られ、全長三メートルの陸生鳥類である類馬が足を止める。道端にポツンと生える標識の支柱に、老いたる男が倒れかかっていたのだ。

鐙《あぶみ》から降りると、男の元にしゃがみ込み、青白くなった頬へと手を当てる。

そして、ゆっくりと息を吐いた。

「遅かった」

目立った外傷はなかった。腐敗臭もない。眠っているようにしか見えない。だが触れるとはっきりとわかる。その頬には熱がなかった。皮膚の乾燥具合から、死後五日は経過しているようだった。

後にも先にも何もない荒野で、老いたる者が一人死んでいるという状況は、この星では珍しくもない。彼は街を追われ、ここへ来たのだ。

「だが、いつ不幸が起こってもおかしくはなかったろう。衰弱死できたのは、せめてもの救いか」

円狗にできる鑑識はそこまでだった。

腰袋から紅色の円筒を引き抜き地面に突き刺すと、オレンジ色の光が空へと打ち上がる。回収用の狼煙《ビーコン》だった。そして祈りもせず類馬の元へと戻る。人の命は平等に軽く、自分は弔いのための存在ではない。そのどちらをも、彼は弁《わきま》えていた。

砂煙を巻き上げ、再び走り出す。

眼下に広がる荒野は、苔も生えない大地である。樹木が実をつけることもない。葉が落ちて腐り、土を肥やすこともない。だから鳥は飛ぶことを諦め、魚は泳ぐことを諦め、分解者《バクテリア》でさえその役割を忘れる。

ゆえに男の死体は、形を保って残っていたのだ。

このよるべなき惑星――《王球《オウキユウ》》のほとんどは、バクテリアさえ生きられない命の足りない死地であった。

「チョコ、あと少し頑張ってくれ」

濃褐色の羽毛に覆われた太い首元を撫《な》でながら告げる。十年の付き合いになる雌類馬のチョコは、きゅおおと鼻息を荒く漏らし速度を上げた。類馬はブロイラーを先祖に持つ、地上最大最速の家畜である。

まもなく円狗の視界に、カカシの大群が現れる。一列になって両手を懸命に広げるそれらは、村の外縁部に置かれる怪物除けである。

だが円狗は類稀《たぐいまれ》なる動体視力によって、速度を落とすことなくカカシの状態を確認した。

(魔除けがない……?)

ここでいう魔除けとは『真新しいもの』を指す。都市で流行《はや》っている最先端の食べ物や、再発明された最新の電子回路などを、カカシに持たせておく。

怪物は、真新しいものを嫌うのだ。

(野生生物が食い荒らしていったのか？　だが、それにしては……)

魔除けが食料であった場合、野生動物の餌食となることは想像に難くない。だがそうなればカカシも少なからず傷つくはずだ。

カカシは無傷だった。

胸騒ぎが円狗の心を急《せ》かした。

数刻も経たぬうちに、淵ノ村へとたどり着く。最初に感じたのは極まった静寂。次に、村を囲む鉄柵の悉《ことごと》くが薙《な》ぎ倒されている様が目に入る。半壊した瓦造りと、抉《えぐ》り取られた井戸、へし折られた荷車。それら全てが、お前は遅すぎたと告げている。

屋内の探索に入る前に、耳元の通信機にノイズが降りた。

「こちら福祉省《ミニストリー・オブ・ウエルフェア》作戦本部。309《サンマルク》、接敵したか」

若い男の声だった。円狗をサンマルクというコードで呼ぶものは、福祉兵器《フクシヘイキ》の上官に当たる福祉省職員の、ロンジチュード伯以外にはない。

「まだだ」

「なんだと？　くまなく探したのか」

円狗はぐるりと四方を見渡し、ロンジチュード伯の言葉を反芻《はんすう》した。

「二十メートル級なんだろう？　探すも何も、ここは荒野に忽然《こつぜん》と佇《たたず》む小村だ。身を隠せるような場所はない」

通信機の向こう側で、パラパラと書類をめくる音が聞こえ始める。

「三時間前の報告以来、新たな報告は上がってきていない。対象は半径三キロ圏内から動いていないはずだが」

半壊して青天井となった教会らしき建物の扉をくぐり、円狗は中に踏み入った。

そこで彼は、息を呑《の》む。

「ロンジチュード伯。本当に二十メートル級なんだよな。だとしたら死体のほとんどは、連鎖反応に巻き込まれたはずだ。だがここには……」

一歩、一歩と、破壊された教会の中心へと足を進める。床板が軋《きし》むことなど意識に上りさえしない。

「死体がある。老いたるものもそうでないものも綯《な》い交ぜの、おびただしい数だ」

今にも抜けそうな床に積み上がった屍《しかばね》の山を見上げ、円狗はささやいた。

ロンジチュード伯が、上擦った声で返した。

「サンマルク、流石《さすが》にボケ始めたか。そこに死体があるわけがないだろう。連鎖反応が起これば、老いたる者は皆やつらの体に組み込まれる」

「いや、あるんだ、死体が。山のように。それどころか、腐臭もある。腐り始めているんだ」

円狗は防塵マスクで口元を覆うと、死体と死体の隙間へと右手をゆっくり差し込んだ。まだ温もりを残した死体を押し上げると、その奥に、うっすらとした紫の光が湧き出しているのが見えた。

《奥豊《オーブ》》の輝きであった。

「ロンジチュード伯。これは、やつらが後から摂取するために残した人塚《ヒトヅカ》だ。つまり目撃された個体はこの村で発生したのではなく、外部からやってきた。被害は、我々の想定よりもはるかに大きいぞ！」

激しい揺れが大地を呑んだ。そうかと思うと、かろうじて形を保っていた聖像を丸呑みするように、床の底から何かが空へと伸び上がり、低く昏《くら》い咆哮《ほうこう》を放った。天を裂くように佇むそれは、剝き出しの骨と、骨の可動部を埋める灰色の粘土状の物質からなる異形である。

人に仇為《あだな》す宿命の怪物。

――老骸《ロウガイ》。

「地面に潜っていたか。どうりで見つからないわけだ」

高鳴る拍動が、円狗の全身へと血流を巡らせる。こいつだ。こいつが淵ノ村を壊滅させた元凶。

「おい――した――んの音だ――」

声がぶつ切りになって聞こえた。この巨軀《きょく》、確かに原料となった人間の数は二百をくだらないはず。老骸の頭頂部には二本の湾曲した角《つの》が見えた。円狗はそれで、自分が呼ばれた理由が腑《ふ》に落ちた。

老骸は、生命の光に引き寄せられる。

今、この場には円狗という『強き命』が降り立った。

老骸は左右六つずつある瞳でぎょろりと円狗を睨《にら》むと、下半身を地面から引き抜き、太い尾を薙ぎ払った。

「くそっ！」

鞭《むち》のようにしなる尾をもろに受け、建物の壁を突き破って外へと吹き飛ばされる円狗。

その最中。彼の瞳が、老骸の全貌を俯瞰《ふかん》で捉える。老骸は不定形だが、概《おおむ》ね既存の生物を模倣《もほう》した姿を取る。今回の二十メートル級はまさに大蛇。四肢を持たない滑らかな体軀と、鋭利そうな牙を有する、地底移動に特化した匍匐《ほふく》種である。

「309《サンマルク》……福祉兵器309号、無事か!?」

円狗は着地と同時に受け身を取ると、通信機のマイクに声を投げ返した。

「私は問題ない！　対象は二本角、形状は砂蛇に類似、全長は目測二十三メートル。福祉実行の許可を」

角は、老骸の強さの指標になる。福祉省は福祉兵器に対し、二本角の単騎討伐を禁じている。一本角の個体よりもはるかに強靱《きょうじん》であり、独力で挑むのは無謀すぎるからだ。

だがどんなことにも例外規定がある。

円狗こそが例外《それ》である。

「許可する！」

「福祉兵器309号、福祉実行に入る」

砂と木片とを巻き上げ、老骸が廃屋の外へと飛び出した。

歴戦の老兵の瞳に、静かな激情が宿る。怒りでもなければ、殺意でもない。そこにあったのは、海溝の如《ごと》き深さの哀しみである。

「いま少し待て。すぐに、楽にしてやる」

怪物と老兵は同時に動いた。

細長い体躯をしなやかに駆動し、巨体からは想像もつかないほどの敏捷《びんしょう》さで迫り来る老骸の鋭い咬みつきをかわし、円狗は背部に取りついた。

老骸は出現するごとに、姿も性質も変化する。だが、モデルになった生物の挙動を考慮に入れれば、多少は戦いやすくなる。今回は砂蛇。蛇らしい動きを頭の中で思い描く。

よほど円狗を恐れているのか、悶《もだ》えながら砂漠を進み始める老骸。

その背中にぴたりと身をそわせながら円狗は、腰袋から引き抜いた杭《くい》を、思い切り老骸の背骨へと突き刺した。微量の爆薬によって自動的に老骸の体内に食い込んだ杭からケーブルを引っ張り、通信機へと繫《つな》ぐ。

「哀れなる哉《かな》体の虜囚、誇りあらば応え給《たま》え」

円狗は語りかける。

「汝、何故脅かすか。何故仇となるか。我は福祉兵器。健やかなる魂を真奥に今導かん。誇りあらば応え給え。汝、骸《むくろ》となりてなお生《い》くるを望むか」

振るい落とされないように全力でしがみつきながら、六秒待つ。

やがて通信機が微《かす》かなノイズを発し始める。それは言葉ではなかった。聞こえるのは洞窟の中から噴き出す風のようなくぐもった音のみ。いつだってそうだ。人語が返ってくる見込みなどないのに、福祉兵器はわざわざ身の危険を冒して問いかける。

だがこの問いかけこそが、ただの殺人行為であるところの福祉実行を儀式化し、こちら側の意見を正当化する、知恵だった。

そう。

老骸はかつて人だった。

人であったものを滅ぼす所業こそ、福祉兵器の本懐。

「如何《いかに》」

コミュニケーションは成り立っていない。わかっている。

怪物が苦しんでいるように見えるのは、だから、こちら側の抱く都合のいい想像でしかない。想像に縋《すが》っていなければこちら側は哀れみに囚われ、到底生きてはいけない。

だからこその知恵なのだ。人の生の末路を人生から切り離して、老骸と呼ぶことも。かつての同胞たちを殺戮《さつりく》することを、福祉と呼ぶことも。

老骸が体をぐにゃりと折り曲げ、上下を逆さにして円狗を振り払う。そして砂丘に投げ出された円狗の体を、剣のような牙で襲った。

コートが剝ぎ取られ、円狗の両腕が露出する。

剝き出しになったのは、皮膚ではなかった。それは鋼《はがね》であった。歯車とバネ、両の肩から突き出た三本の排熱管。老兵の四肢は、とっくに人のものではない。胸を覆う透明な強化ガラスのプレートからは、淡い紫の光が染み出す。

奥豊の輝きを纏う、人工心臓である。

「口惜《くちお》しい」

円狗は長ものを肩から外し、左手に持つ。

対する老骸は、ぐるりと弧を描くように再び接近を始める。

「また私だけが残される。なんと、口惜しい」

円狗は鞘《さや》から武器を抜き放った。刃に紫色の光を纏った太刀であった。

奥豊の力により切断力を強化された愛刀《抱擁丸《ほうようまる》》を構え、円狗はそっと目を閉じる。

老骸の腹が砂を削る轟音《ごうおん》と、己の心音が釣り合う時——体は抱擁丸との境を失い、円狗は剝き出しのひと振るいの刃となった。

せめて安らかに。一撃で。

極限まで腰を下げた姿勢から、霹靂《へきれき》の如き一撃が放たれた。

「福祉実行」

こうして円狗はまた一つ、絶望の円環を断つ。

＊

果てのない荒野が広がる星、王球。

このよるべなき惑星で人は、人工動力物質《奥豊》の助けを借りながら、辛《から》き生を繋ぐ。

だが幾十年かの生の果てに、人を待ち受けているのは過酷な宿命だ。

王球では、人は老いれば必ず異形の怪物《老骸》と化すのだ。言葉なき怪物となった人の成れの果ては、いたずらに《奥豊》を喰らい世を脅かす。

そんな《老骸》を殲滅《せんめつ》し《奥豊》の再分配を行なうことを使命とする福祉省は、各地に歴戦の手練《てだ》れたちを送り込み、人間の営みを水際で維持してきた。

老骸から人工動力物質を回収し、人々の命をつなぐ再分配の番人。

畏敬の念をこめて人は彼らを、《福祉兵器》と呼んだ。

Ⅱ

胴を二つに裂かれた老骸からは、血の一滴さえ流れなかった。

老骸は生物ではない。一説には奥豊の力によって動くと言われる、巨大な傀儡《かいらい》のようなものだ。そして外骨格とその内部を満たす粘土状の物質はすべて、老いたる人の肉体が形を変えたものである。

一人の人間が老骸になると、周りにいる老いたる者の体もその道連れになることがある。——連鎖反応。つまりこの二本角は、複数の老いたる体が融合し、巨大化したものである。

その数、推定でも二百人以上。

高齢化した村落が丸ごと、これに変わったのだ。

哀悼を囁《ささや》きながら、円狗は粘土状の体組織にナイフで切り込みを入れ、残留物がないか調べていく。連鎖反応が起こった際、巻き込まれた人々の遺物はこの粘土状の組織に組み込まれる。

いくつか切り込みを入れていくと、ナイフの先がコツンと硬いものに当たった。

円狗は慎重に引き摺《ず》り出した。

それはなんてことのないブリキの箱であった。

老骸の体内から見つかるものは例外なく遺物である。その権能が与えられているとはいえ、円狗は遺物の鑑識にはいつも心を砕いた。

ブリキの箱の中には数枚の硬貨と、写真が収まっていた。夫らしき農民と共に、納屋を背に写る、銀髪の女性。一度老骸化してしまえば、肉体は人間の形状を保つことはない。この銀髪の女性も、老骸の一部になったのだろう。

ボーダーは、七十歳だと言われている。

だが、老骸化がいつ起こるかということについては、個人差が大きい。漁師だった五十四の男が船上で老骸化し船員を襲ったという話もある。独身者より所帯を持つ者の方が老骸化は早いという言説もあるが、それもどこまで正確な情報かわからない。

ただ、一つだけ確かなことがあるとするなら、円狗は二ヶ月後に七十三を迎える、ということ。

そう、どんなことにも例外規定はあるのだ。

さらに切り込みを入れていくと、今度こそ灰色の組織と組織の間に、紫色に輝く淡い光を見た。

「ロンジチュード伯、発見したぞ」

円狗はひとおもいに腕を突っ込み、発光体を引き抜いた。人の頭ほどの大きさもある、紫色の光を放つ鉱物の結晶。枯れた星に生命を与える人工動力物質、奥豊の塊だ。

「四キロはある」

「だいぶ溜《た》め込んでやがったな。大手柄じゃないか。これで五百人の新生児を生かすことができる」

奥豊は微量ながら自然界に遍在する。大人は食料品に含まれるそれらを摂取していれば問題なく生きられるが、乳児は違う。生後三ヶ月までに奥豊が欠乏すると、首が据わるまで生きられない。よって奥豊を砕いた粉末を与えねばならない。

「サンマルク。ご苦労だった。帰投したまえ」

「念の為、もう少し捜索する。そのあとは回収チームに任せるさ」

本当ならば、全ての遺物をその手で回収してやりたかった。だが円狗は福祉兵器であり、弔いのプロではない。

動力体である奥豊が大気と反応しないように油の満たされたポッドに収め、チョコへの合図を飛ばす。

その時だった。

「うわあああああああ！」

耳に飛び込んできたのは、悲鳴。

円狗の胸に、希望と焦りの両方が去来する。生存者がいたのか！

視界の隅々までを注視し、そして声の主を発見した。

円狗の立つ老骸の切り身の、その真横。死角の位置。女の子が立っていた。ブロンドの髪をまとまりなく肩まで垂らしており、身なりは貧相だ。齢《よわい》は十か十二か。とにかく幼い。

「どうして……」

老骸の、骨張った部分に手をついて顔を伏せていた女の子は、やがて数歩退いて顔を上げると、少女とは思えない鋭い瞳で、円狗を睨んだ。

「どうしてくれるのよ……これ……」

円狗は老骸の切り身から飛び降りると、少女のそばへと歩み寄り首《こうべ》を垂れた。

そんなことしかできない自分が情けなかった。

「すまなかった。あと半刻早く着いていれば、村の者たちは……」

「違う！」

突っぱねられた謝罪。

円狗はきょとんとして少女を見る。

読み違えていた。そこにあったのは悲しみではなかった。悲しみなど全く無いようだった。代わりにそこにあったのは——怒り。

「あんた全然わかってない。私が言ってんのは、なんで老骸を倒してくれちゃったの、ってこと」

少女は青筋を立てて、怒鳴った。

「これじゃあ私のクロージング・プランが台無しじゃない」

七十余年の人としての生と、五十余年の福祉兵器としてのキャリア。円狗の培ったその
どちらもが通用しない異常事態が、今ここに起こっていた。

「クロージング・プラン……？」

「『二本角以上の老骸にぶっ飛ばされてとにかくド派手に死ぬ』。色々準備をして、今度こ
そ完璧だって思ったのに」

準備。完璧。今度こそ。

老兵は一瞬、自分の脳についにガタが来たのではないか、と思った。だがすぐにそんな
懸念は取り払われる。あまりに想定外すぎただけで、ロジックは通る。

「では、魔除けをどかしたのは、君か」

必然、問う言葉は重くなった。

「そうよ。悪い？」

少女は両手を腰に当て、胸を張り、あまりにも悪びれることなく答えた。

「…………」

今回の老骸は、砂蛇モデルだった。視覚の存在しない砂蛇モデルには、視覚に訴えるタ
イプの魔除けは通用しなかった。少女の行動は村の壊滅に資していない。

それでも。

この少女は本気で、生きた人間を自害の巻き添えにしようとした。

円狗に家族はいない。子供も、伴侶さえ。だから純粋にわからなかったのだ。十代の少女が考えていることが。

「どうして、とかしょーもないこと、訊《き》かないでよね」

「どうしてだ」

少女は目を細めて舌打ちを飛ばした。

そしてこの世界全てを包むように両手を広げると、言った。

「こんなクソ世界、生きていたって意味ないから」

それ以外に何があんの？　と、少女は肩をすくめた。

その仕草はあまりに可哀想で、あまりに哀しげで、なればこそ恐ろしいほどの説得力に満ちてもいる。

「そうかもな」

少女の目が、少しだけ見開かれる。

おそらく、彼女は大勢の大人たちから告げられてきたのだ。「そんなことないよ」「生きていればいいことがあるよ」と。まるでそう返すことが法で定められてでもいるように。

だが――。

円狗の脳裏には、あの道端の死体が浮かんでいた。分解されることのないまま、静かに乾いていく細胞の塊が。

この世界にはあまりにも命が足りていない。馬も、牛も、羊も――ブロイラー以外の種は絶滅して久しい。多くの薬品の製造法も失われ、その上異形まで出るようになった。この星で送る人生に生きる意味があると断言するには、円狗は、あまりに多くの死を見すぎてきた。

「すまないことをした」

円狗は頭を下げた。心からの謝意だった。

「私は君の決意を踏み躙《にじ》った。悪かった」

少女がいいと言うまで頭を上げるつもりはなかった。いや、それも少しばかり大人気がないか。だが少なくとも、謝罪の意が伝わるまではこうしているつもりだった。

「……わかればいいのよ」

顔を上げた時、少女は腕を組んでそっぽを向いていた。

人の尊厳を傷つけたのだ、よもや好かれようとも思わない。だがこの後どうすべきか。規定では、生存者は福祉省に届け出ることになっている。円狗の頭を思考が巡る。この死にたがっている少女を福祉省まで連れていく？　それは裏切りの上塗りになるのでは……？

少女の視線が荒野から老骸の切り身へと移る。

彼女は掌《てのひら》に拳を打ちつけ言った。

「そうだ！　あんたのその機械の両腕、福祉兵器なんでしょ？　強いのよね。だったら私のクロージング・プランに付き合ってよ」

呆然《ぼうぜん》とする自分がいて、円狗は意識を強く保った。

少女は己の発言に自信を持ったのか、大きく頷《うなず》いて続けた。

「うん、なんだかあなた罪滅ぼしをしたそうな顔をしてるし、それが丁度《ちょうど》いいわ」

この少女の口から出る言葉全て、荒唐無稽にも程がある。

だがその荒唐無稽さが、この少女の意志なのだ。

それを最大限尊重せねばと思った。

「プランは、私のせいで失敗に終わったのではないのか」

「あれは妥協版よ。ゴージャス版はこっち」

すると少女は、雨ガッパのようなすすけた上着の内側から、ビニールでコートされた一冊の紙のノートを差し出してきた。そこにはこうあった――『理叫《リコ》の死ぬまでにしたい十二のこと』。

円狗はノートの中身を確認せずに返した。自分にできることかどうかを知ってから返事をするのは、卑怯《ひきょう》だと思ったからだ。

「私、理叫。あなたは？」

理叫は円狗の顔を見上げ、訊《たず》ねた。

「福祉兵器３０９号だ」

「通り名じゃなくて本名が聞きたいの」

「――円狗だ」

少女が朗らかな声で宣言する。

「エンク、私に最高の死をプレゼントして」

どんな咎《とが》であっても、償いの機会が与えられていることほどの幸福はない。そう胸中で囁き、円狗ははっきりとした声色で答えた。

「承った」

Ⅲ

北へ向かう道すがら、理叫を後ろに乗せた円狗は、砂嵐に遭遇することになった。類馬の中でも、サンドキッカーという砂漠に適応した種であるチョコが、二の足を踏むほどの荒れ様である。

「理叫、そこにいるか！」

後ろに乗せていた理叫を、どこかに落としてきてしまったのではないか。そんな焦りがふと湧いて、円狗は片腕を背中の方へ回す。

「しがみついてるでしょ!?」

無事小さな頭に触れることができ、円狗は安堵《あんど》した。四肢のみならず、胴体の一部も機械に換装しているので、理叫にしがみつかれている感覚がなかったのだ。

やがて吹き荒ぶ砂嵐の中に忽然と浮かぶ灯《あか》りが見え、円狗は進路を正した。

ドーム状の厩《うまや》にチョコを預け、砂を落として店内に入る。

街外れのダイナーは、円狗たちと同様に砂嵐をやり過ごそうと考える人々で溢《あふ》れていた。

隅の小さな席に座るなり、理叫が言った。

「ぺっ。ぺっ。口の中に砂入っちゃった」

「毎年四千人が砂嵐で死んでいる。避難所があって助かった」

すぐそばを通りかかった店員らしき女性が円狗を睨むと、腰からぶら下げていたメニューを机に打ちつけ、「避難所？　バカ言え、ここはダイナーだよ！　一人三千サークル以上使わなかったら追い出すからね！」と、唾を飛ばしながら怒鳴る。

円狗はメニューを一瞥《いちべつ》し、理叫へと差し出した。

だが理叫は考えるまでもなく、類牛《ルイギユウ》のハンバーガーを指さした。

「それでいいのか」

サイボーグ化を遂げる前から食に興味のなかった円狗にとっては、何を食べるかは瑣末《さまつ》な問題だった。だが理叫にはもっとこだわりがあっていいはずだ。

理叫はノートを取り出し、円狗の目の前で開いてみせる。

「ここ。類牛たらふくって書いてあるでしょ」

確かにリストの三番目には、掠《かす》れた文字で『ルイギュウをたらふく食べる』と書かれている。なればこそ、円狗には疑問だった。

「金の問題なら気にするな。ステーキの、一番大きいやつを頼むといい」

大真面目な顔でそう告げると、理叫は頬杖をついたまま深いため息をつき、

「お上品にナイフとフォークをかちゃかちゃしたいわけじゃなくて、こう、思いっきりかぶりつきたいの。サイボーグにはわかんないかなあ」

そう言ってのける。

円狗は、理叫の望みのものに加えサイボーグ食のブルー・ケーキを注文すると、あらためてノートを覗《のぞ》き込んだ。干物のような縮れた字体の、つたない言葉で綴られた文章の中に、一際はっきりとした筆力で浮かび上がる文字があった。

「この《温もりの門》とはなんだ」

円狗は最後の項を指差して訊ねた。

「知らないの？　年寄りのくせに全然世界が見えてないのね」

理叫は倨傲《きょごう》な笑みを浮かべた。

生意気な娘だと思った。だが苛立《いらだ》ちはしない。幼い少女の性質など知らぬ円狗には、純粋に謎だったのだ。年頃の娘が皆こうなのか、それとも理叫ゆえにこうなのか。

新種の老骸を観察するような視線で眺めていると、理叫は円狗の手元からノートを奪い返し、答える。

「温もりの門はね、高さも幅も十メートルぐらいの光り輝く門よ。そこを通ると、一切の苦痛なく人生を終えられるんだって。北のどこかにあるって言われてる」

「どこかとはどこだ」

「それを探すのもあなたの仕事」

不貞不貞《ふてぶて》しくそう呟《つぶや》いた理叫の前に、プレートが運ばれてくる。類牛のバーガーと、少量の野菜のマリネがついた簡単なセットだったが、理叫は目を輝かせると、早速バンズを両手で持ってかぶりつく。

束の間、穏やかな時間が流れた。その心象に呼応したかのように、窓から差し込む柔らかな光に気付く。砂嵐が、いつの間にか去っていた。

ブルー・ケーキはなかなか運ばれてこない。そのうちに通信機が鳴り、円狗は回線を繋いだ。音の通りがすこぶる悪かった。砂嵐対策で分厚く作られた壁が電波を阻んでいるのだとわかった。

「少し出てくる」

円狗が言うと、理叫が手をひらひらと振って答える。

ダイナーの外に出て少し歩いたところで、ようやく音声が明瞭になった。

「――サンマルク、やっと連絡がついた。もう二週間になる。君は一体いままで、どこで何をしていたんだ」

ロンジチュード伯だった。

円狗はダイナーの方を見やった。砂まみれの窓からは、バーガーを大事そうに食べる少女の姿が見える。

「少々厄介に巻き込まれてな」

向こう側のマイクにため息がかかって、雨のようなノイズが走った。

「君の穴を埋めるための人事調整で、明日にでも、省の人間から自殺者が出るぞ」

「ロンジチュード伯。私はいつ老骸になるかもしれない身だ。私以外の人材育成にもっと力を割きたまえよ」

「とにかく拠点に戻ってくれ。サンマルク、君がどれほど重要な人材か――」

「待て」

お茶を濁されたと感じたらしいロンジチュード伯が声を荒らげるも、円狗の意識は完全に切り替わっていた。老兵の鋭敏な感覚が敵襲を告げたのだ。

（どこからだ）

地平線に老骸の影はない。円狗はその場に伏せ、耳を大地に据えた。だが、地中に蠢《うごめ》く音もない。

（地中じゃない。それなら――）

円狗は首をもたげた。そして、すぐさま通信機に向け叫んだ。

「老骸を目視！」

それは、巨大な翼を広げ空からやってきた。槍《やり》のように長い嘴と、体長の倍近い翼、それに三叉《みつまた》に分かれた尾を持った、飛ぶ異形。

「対象は一本角、形状は巨鳥、全長目測七メートル！」

円狗は踵《きびす》を返して走り出した。額に冷や汗が滲《にじ》んだ。老骸には生命の光、奥豊の輝きが見えている。そしてその輝きは、人が密集するほどに強さを増す。

案の定。老骸はダイナー目がけ急降下を始めた。

異形の襲来に気付いた客たちが外へと溢れ出す。そんな中で円狗の瞳は捉えていた。騒動を気にも留めず、バーガーを後生大事に抱える少女の姿を。

「そこを出ろ、理叫――ッ！」

距離にして十メートル、理叫が円狗の叫びに顔を上げる。

そのわずか一拍後に、老骸の嘴がダイナーの屋根を穿《うが》った。

逃げ遅れた人々の悲鳴が溢れた。円狗は屋根へと跳び、砂煙に包まれた店内を見下ろす。

負傷者がまだ残る室内で交戦に持ち込むべきか否か――円狗の一瞬の逡巡《しゅんじゅん》のうちに、老骸は飛び立った。その尾で三人の人間を搦《から》め捕りながら。

尾に巻かれてもがく理叫の姿を、円狗の動体視力はとらえている。

「福祉実行の許可を……ッ！」

怒気を孕《はら》む声を、通信機へと放つ。

返答を聞く前から円狗の足は厩へと向かう。指笛を吹き、チョコを呼び寄せると、鞍に跨《また》がり即座に走り出す。

飛行種は、角の数に関係なく敬遠される。王球の技術力では、高高度を飛ぶ老骸を捕捉できず、それに、飛行船の製造も資源不足から制限されている。高度を上げられたら、なすすべがない。

「チョコ、しばし耐えてくれ！」

きゅおおと声をあげ、陸生鳥類が最高速度で走り出した。

飛行種は疾《はや》い。いくらサンドキッカーとはいえ、持久戦となれば分が悪い。とうに汗をかく機能を失った掌が、湿っているような錯覚。もう二十年だろうか、いや三十年、長らく忘れていたこの感じ。

円狗は悟った。自分は今、焦っていると。

「本当に厄介なものだ」

十分近く全速力で走ればチョコの息も上がってくる。やり場のない焦燥に駆られ始めたその時である。足元に、宝石をちりばめたような輝きが満ちていることに気付く。

塩の結晶であった。

「ここはかつて海だった。それならば――」

まもなく、地面から突き出る鉄の柱が目に入った。海が干上がったことで取り残された難破船だった。

騎乗したまま乗り込むと狙い通り、錆《さ》びた銛銃《もりじゆう》に装塡された、ワイヤー付きの銛を見つける。

銛銃は使い物にならない。

だが銛は、外して持ち出すことができた。

老骸に再接近した円狗は頭上高く飛ぶそれを睥睨《へいげい》しながら、腰のベルトに、銀色の細いワイヤーを繋ぐと、右腕に銛を握る。そしてチョコから飛び降り、助走をつけた。

右腕に持てる全ての動力を集め、円狗は銛を——放った。

空気を裂く音と共に、打ち上がる。

弾丸の如く飛んだ銛は、減速する前に見事、老骸の胴を貫いた。元々は大型水棲《すいせい》生物の動きを封ずるために作られた漁具である。着弾と同時にかえしが開き、無数の小さな刃が深く食い込む。

小指ほどの太さしかないワイヤーが、ピンと張る。類羊《ルイヨウ》の毛と乳のタンパク質から編まれた生体繊維は、鉄と等しい強靭さを持つ。

老骸を地面に引き摺り下ろすだけならば容易だった。だがそれでは、尾に巻き取られた人間が落下の衝撃で死ぬ。老骸を軟着陸させるためには、より繊細な調整が必要だった。

老骸に揚力の余裕を与えたまま、ワイヤーを少しずつ巻き取っていく。ともすれば引きずられそうになる体を、抱擁丸を突きさし地面に張り付ける。

その死闘の果てに——老骸の体は地面に触れる。

「哀れなる哉体の虜囚、誇りあらば応え給え」

杭を使っている余裕などない。伝わらないと知りながらも円狗は語りかける。

「汝、何故脅かすか。何故仇となるか。我は福祉兵器。健やかなる魂を真奥に今導かん。誇りあらば応え給え。汝、骸となりてなお生くるを望むか」

抱擁丸を地面から抜き放って砂を払うと、円狗は下段で構えた。

体を起こし、槍兵のように特攻してくる老骸の嘴が、円狗の体に及ぶべくもなく、

「福祉実行」

老骸は落とされ、その場に崩れ伏す。また一つ、絶望の円環が断たれた。

戦いが終わり、瞬時に思考が切り替わった。

「理叫！」

到底無事とは思えない。悲惨な状況を想定しつつ、老骸の背後へと回り、その名を呼んだ。三人とも、まだ尾の中にいた。二人は気を失っていた。だが残りの一人は、目をぱちくりさせて円狗を見上げていた。

「無事、なのか……」

「無事じゃない」

膨れっ面の少女は、空っぽの両手を見せながら言った。

「落としちゃった、バーガー」

尾の根っこを刀で断つと、三人の体は地面に転がった。

服についた砂を払って立ち上がった理叫は、そわそわしながら言った。

「でも、いい眺めだったから許す」

わからない、と思った。

年頃の娘の考えることは、本当にわからない。

だが円狗はこうも思った。わからないことがあってもいいのではないか、と。

意識を取り戻した二人に心からの感謝を述べられ、円狗は再び通信機を繋いだ。そして開口一番に述べた。

「ロンジチュード伯。私には有休があったはずだ」

ロンジチュード伯は声を上擦らせて、有休だと……とオウム返しにした。

「ああ。二百五十二日分のな」

「それは、そうだが。待てサンマルク！」

次に、何を言われるのか予測がついてしまったのだろう。ロンジチュード伯は慌てふためいた様子でそう制止する。

円狗は、無視した。

「北へ向かう。近辺の老骸は受け持とう。あとはそちらでやりくりしてくれ。やりたいことができた」

あまりにもキッパリと言い切ったものだから、ロンジチュード伯もいたずらに抗弁することができなかったのだろう。

弱々しい声色で彼は最後に訊ねた。

「七十二になってか？」

「七十二になってだ」

Ⅳ

「すっご～！」

理叫の口から弾けるような声が上がった。

二人の前に広がるのは、眩《まばゆ》いばかりの光。無数に混ざり合った食べ物の匂い。飛び交う商人たちのピジン。若い活力に溢れたその場所は、潤都《ジュント》——円狗たちが三ヶ月かけてたどり着いたのは、北方で最も繁栄する都市の一角であった。

屋台で飯を食い、旅の道具を買い込み、その日は夜が深まる前に宿を見つけた。

宿はこれまでと同様、同室だった。円狗は無論のこと、理叫もそれで文句を言ったことはない。深々とかぶっていたフードが風ではだけて、円狗の老いたる相貌が露《あら》わになったことが幾度かあったが、そのような時は福祉兵器である旨を明かすことで切り抜けられた。

ベッドの上で、片方ずつ取り外した機械腕を、もう一方の腕と脚とを使って器用に手入れしていると、ノートを開いていた理叫が不意に言った。

「ありがとうエンク、こんなところまで連れてきてくれて」

やけにしおらしい態度だと思った。悪い気はしない。

だが次の言葉は円狗の心の水面に、微かな波紋を作った。

「もう半分も埋まったのよ。すごいペース」

理叫が誇らしそうにノートを見せつけてくる。

その花束のように朗らかな笑顔が、円狗に思い出させた。自分が手助けしているのは、彼女を死へと導く計画なのだと。

そう。円狗たちは他ならない温もりの門の情報を得るために、潤都を訪れたのだ。

もう、三ヶ月。ここで訊ねなければ、きっと自分は最後まで知らぬ顔を突き通すのだろうと、そう思った。だから左手人差し指の第二関節の、摩耗していたボルトを交換し終えた円狗は、これまで避けてきた問いに手を伸ばした。

「君はなぜそこまで、自分の命を毛嫌いしているんだ」

柔らかだった理叫の頬が引き攣《つ》り、目元が鋭さを帯びる。

「生まれた村も、住むはずだった家も、両親も、何もかもを老骸に奪われた」

伏し目がちに答えた彼女は、やがて頭を上げると、窓から覗く時計台の、そのさらに先の漆黒の空を睨み、そして言った。

「……っていうのは、別にいいの。私が許せないのは、そうなるとわかっていて私を作った両親」

円狗の瞳が見開かれる。

老骸ではなく、両親。

彼女の飼い慣らされざる怒りは、生み出されたことそのものに向いていた。なぜそうなった？　などと……問うべくもない。

彼女はひ弱だ。だが彼女がひ弱なのは、彼女の責任《せい》ではない。彼女をそう作ったのは両親であり、摂理であり、時間の経過そのものである。

強く作られた円狗には、反論する権利など、なかった。

「両親は私を育てる責任も果たさず死んだ。勝手な人たちよ。だから私は、両親が一番してほしくないことをする。それが私の復讐だから」

「それがつまり」

「そう。セルフ・クロージング」

腑に落ちる感覚があった。彼女の歳に不相応な決断力も。老骸に高度千メートルまで運ばれてもどこ吹く風を貫いた胆力も。

そう、なるべくしてなったのだ。理には適《かな》っている。

だが――。

それならばこの、胸の底で渦巻く感情はなんだ？　彼女の言い分に粗を探しているのは何故だ？　なぜ悲しいと思ってしまう……？　彼女が望み、選んだことだ。それを赤の他人に、悲しまれたくなどなかろうに。

答えが出ないまま迎えた翌朝。

その日の予定も、ほとんど理叫が決めてしまっていた。帽子を深々とかぶった円狗は、理叫に手を引かれて街に出た。

まずは衣装屋に行き、そこで理叫はとびきり可憐な衣装と出会った。煌《きら》びやかな刺繍《ししゅう》の施された、青の優雅な婦人服《ドレス》である。予約の品なのですと言われたが、即金で払うと言ったら売ってくれた。服にしては値は張ったが、円狗の福祉兵器として得た莫大な資産からしたら、ほんの些細《ささい》な買い物だった。

次に向かったのは美容室だ。理叫の肩の下まであるブロンドをバッサリと切り、顎下ぐらいまでで整える。円狗には、その髪型の名前はわからない。だが見違えたように綺麗になったということだけは、わかった。

美容室から出たところで、一人の少年から声をかけられた。理叫と同程度に身なりを整えた十五歳くらいの少年は輪館《ワダチ》と名乗り、短い言葉を連ねたのち、なんと理叫にデートを持ちかけたのだった。

「今はダメよ。用心棒さんがいるから」

理叫は円狗を一瞥すると、そう言って去《い》なした。

理叫の様子があまりに手慣れているものだから、こんなに大人びていたのか、と円狗はしばし混乱した。

他にもレースの手袋に髪飾り、首飾り、色の粉など、身なりに関するありとあらゆるものを買い込んでいたところ、あっという間に夜になってしまう。至高の福祉兵器を荷物持ちとして使い倒した理叫は、ホクホク顔のまま宿に戻り、シャワーを浴びて着替えた。

理叫は鏡の前に立つと、まるで絵画を見るように鏡像に眺め入った。

そして、囁くように告げるのだ。

「私って、こんなに綺麗だったんだ」

それは過大評価などではなかった。円狗の目にも人並みの美醜の感覚はある。美しい服を纏った理叫が美しいことなど、語るまでもない。

すでに十分美しいわけだが、理叫は顔に何やら白い粉や赤い粉を塗りたくっていく。一応、化粧という行為自体は知っている。だがあまりに馴染《なじ》みのない円狗にとって、それは妖術の類のようにも思われた。

そのような準備を経て、若干不相応な美しさを得た理叫とともに向かうのは、潤都の第二目的であるところの――《星跨ぎ》ミュージカルであった。

紙の希少化により、本というメディアが半ば消滅したこの世界に残った、数少ない大衆芸能。読み聞かせ小説、演劇、オーケストラに並んで、ミュージカルもその一つである。

繁華街の露店で類馬を模した嘴つきの面を買うと、円狗は顔を隠し、千名以上を収容できるコンサートホールへと足を踏み入れる。

理叫がお手洗いに行ってくると言ったので、先に席で待つことにした。

面の下から周囲を見渡すと、若者の多さを感じた。だがそれも自明の理で、活力のある都市ほど、老骸になるリスクを抱えた者を排除する仕組みが強固なのだ。

鍛錬だけでは誤魔化しようのない頬のたるみを隠すため、面は必要不可欠だった。

「それにしてもすごい賑わいだ。これが、若さか」

若さ、という言葉を持ち出してみて気付く。驚くほど馴染まない。

円狗は自分が若かった頃のことを想起し、その理由を悟る。若き日が遠いからではない。若き日から円狗は娯楽になど興味がなかったのだ。それどころか、何もない。趣味も、好きなことも、愛する人も。何一つ。福祉省に入って以来、ずっと戦い続けていた。戦う以外のことをしてこなかった。

なぜ……？

理由はあまりにシンプルだった。

強かったから。比類なき力を持って生まれてしまったから。戦いが彼を求め、彼も戦いを求めた。その成れの果てが、ボーダーを越えても老骸になることさえできない福祉兵器——サンマルク。

今、七十三にして初めて見るコンサートホールの壮観さに、圧倒されながらも、場違いな気まずさを感じていると、袖から理叫が歩いてくる。

隣に、少年を連れて。

「……!?」

円狗の胸に、老骸が発生した時とは別種の危機察知が働いた。なぜかはわからない。だが、あれは危険だ。年頃の娘が、少年と肩を並べて歩くなど。

二人はそのまま何かを話しながらこちらに向かってきて、円狗の前で別れた。

「さっきのは」

隣の席に腰を下ろした理叫に、円狗は訊ねた。というより詰問した。

「え？　ああ、ワダチくん」

「何故一緒にいた」

「概ねハンサムよね。目元はイマイチだけど。あと、体格も悪くないし。それに何より話が面白かったのよね」

「どう話が面白かったんだ」

「それは――」

照明が落ち、そこで会話が断たれた。

やがて、舞台上にスポットライトが降り、語り部らしき男の姿が浮かび上がる。《星跨ぎ》ミュージカルは、どの劇団でも必ず台本を持つ王球では定番のシナリオである。

語り部が始まりの口上を述べると、舞台の幕開けとあいなった。

物語は、掻《か》い摘《つま》むと次のようになる。


昔々、故郷は滅びの運命にあった。

そこで最初の王・ジョルゼンは星跨ぎの船を造り、別の故郷を探すことを考えた。しかし船の乗員は限られていた。王は人選の苦に心を痛めた。波乱を乗り越え十億の《決断者》が十の星跨ぎの船に乗り込み、それぞれ異なる新天地を目指した。

次に、マドカ王が即位する。彼女は急激な人口減少、疫病、政治的対立に立ち向かうために、自らを機械化し千年の治世を築いた。マドカ王を冠したその船は繁栄を謳歌《おうか》したが、彼女は人間らしい感情を失い最後には革命に倒れた。

そして最後の三十年を治めたサンマルク王によって星跨ぎは達成され、六千万人の人々が王球の大地を踏み、新たな《決断者》となった。

だが王球の大地は痩せすぎていた。そこでロンジチュードの一族が王に助言を働き、王家の秘宝・奥豊を砕いて民に配り歩いたのだ。その代償にサンマルク王の体は朽ち果てた。

人類はその偉大な行ないに感涙し、王球で生きる覚悟を決めた。


主人公が入れ替わる三部構成であり、上演時間は四度の休憩を挟み、五時間二十二分にも及んだ。

眠たげに何度かあくびをしながらも、理叫は起きていた。他方円狗はというと、眠ることこそしなかったがやはり見ていても面白さがわからないので、面の下に無表情を匿《かくま》いながら、脳内で仮想の老骸と戦闘を行ない、闘気を高めていた。途中理叫が、そんなに殺気立って見るもの？　と小言を言ったが、全長三十メートルの老骸、三本角と仮想の刃を交えていた円狗の耳には届かない。

背中をパキパキと鳴らしながら、大勢の人が一つの出口を目指していく。やはり若者は生き急いでいるように見える。今立っても通路の狭くなっている部分で足止めされるだけなのに。

周りから人がほとんどいなくなっても、理叫はまだ席に座っている。

彼女は下りた幕の方を一瞥すると、静かに言った。

「フィクションとして見るには面白かったわ」

含みのある言い方だった。

「現実だとしたら面白くない、ということか」

円狗が訊ねる。

すると理叫はアームレストに全体重をかけ、帽子の下から円狗の顔を見つめ上げて、言ったのだった。

「だってその《決断者》って奴ら、身勝手にも程があるもの。長い移民船生活を強いられていたから、一刻も早く地面を踏みたかったのかもしれないけど……こんな星で妥協して、挙句キモい希望まで押し付けて。私の両親と同じ」

それから、吐き捨てるように告げた。

「とんだ卑怯者よ」

しん、と、静寂が包む。巨大なホールに残されたのはもはや二人だけだった。

理叫が立ち上がるとようやく腰を上げる円狗。

ホールの扉をくぐる瞬間、円狗は言った。

「考えたこともなかった。君は、幼いのに本当によく世界が見えているんだな」

理叫は円狗を一瞥してから、本気で思って言ってる？　と返す。

嘘をつく理由などないが、確かに、疑われるのも無理はない。円狗はこの三ヶ月で、驚くほど多くのことを理叫から学んでいる。だが円狗は、驚くほど何も、何一つ理叫に伝えられていない。

建物の外に出て、放射状に広がる階段を下りている最中だった。通信機が鳴った。内容など考えずともわかった。

「老骸だ。街から北西に十二キロの地点だそうだ」

面を外してそう伝えると、理叫はふーんと鼻を鳴らし、円狗を上目遣いで見る。

「行ってきなさい。私なら大丈夫だから」

「一人で心細くはないのか」

「ワダチくんと会うの」

当然のように理叫の口から出たその名前に、円狗は眉を顰《ひそ》める。

やはりあの少年は危険だったのだ。排除すべきだ。だがどう排除したらいい？　断ち切ること、砕くこと、穿つこと……ただそれのみを粛々と行なってきた福祉兵器には、ひ弱な少年の体を壊さず理叫から引き剝がすイメージが、全く持てない。

「目、ちょっと怖い」

指摘されて初めて、円狗は目元にひどく力が入っていることに気付く。

これまで感じたことのない想いの昂《たかぶ》りを、確かに感じる。この少女を潜在的な危険から守らねばならない。だが守るとはなんだ？　尊重するべき彼女の意志はどこへ行った？

「ほら。十番目。覚えてる？　私、男の子とキスしないといけないから。彼、顔がタイプだったの。目元以外はね」

案内板のガラスを鏡の代わりに使い、ドレスの裾をつまんでくるりと一回転して見せる理叫は、それで自分の容姿の調子を確かめたらしい。

「それに彼も私と一緒だったし」

ほんのり頬を上気させ、そう言った。

「何が、一緒だったんだ」

「誕生を憎んでることが」

そうか。一言こぼして、円狗は歩き出した。これ以上追及するのは、彼女に対して礼を欠くことになる。十歩ほど歩いたところで振り返り、細身の少年と理叫が楽しげに言葉を交わすのを遠望する。そしてもう二度と振り返らないと誓い、五十歩まで歩く。

そこまで来たら安心だった。

円狗はチョコにまたがり、老骸退治に行った。

出現したのは取るに足らない一本角の、蠍《さそり》のような外見の節足種。ただしその数は十八体。どうやら襲われたキャラバンの惨状から見るに、本物の蠍と同様毒を操るらしい。厄介なタイプだった。

その厄介な戦いの最中。円狗は理解した。なぜ理叫の持論の粗を探していたのか。なぜ他人の死生観に無為な悲しみを感じたのか。なんてことはない。

生きて欲しいのだ。

明日に希望を持って欲しいのだ。

今まで、自分以外の誰にもそのような気持ちを抱いてこなかった。だから気付くのが遅れた。円狗は今、理叫の意志に反して彼女の生を願っている。

だが、胸の内に灯るその願いを自覚した瞬間――。

薄寒さが円狗の背中を包んだ。

大人なら、子供に道を示してやるべきである。だが庇護《ひご》者と被庇護者という傾斜を利用して思想を押し付けるのは対等ではない。子供に善行を望むなら、大人が先んじて善行をやって見せねばならぬ。そうでなければ、大人が大人であるというだけでどんな説得力が生まれようか。

理叫に生きよと欲するなら、希望を語るなら、己が明日に希望を持っていなければならぬ。

粉々に切り刻まれた老骸の破片を見下ろしながら、円狗は自嘲の笑みを浮かべた。自分に……そんなものはない。円狗の胸には希望の元手が、ない。

チョコを走らせ潤都に戻り、連泊している宿屋の前まで行くと、部屋には灯りがついているのがわかった。カーテン越しに立つ少女の姿が目に入る。当然のことのように湧き上がる安堵に、円狗は戸惑った。

部屋の扉の前で立ち止まり、円狗は再考した。自分の心に希望がないとしても、それでも――話すだけは話してみよう。彼女がこのままずっと旅を続けたいと言うなら、福祉兵器をやめよう。体が老骸に成り果てるまで、飽きるまで彼女の面倒を見ていよう。だから彼女に、これからも生き続けてみないかと、話してみよう。

扉を、開ける。

理叫がとてとてと走り寄ってくる。その微笑《ほほえ》ましい一挙手一投足は、福祉兵器としての自分を忘れさせるほど、円狗の気を綻《ほころ》ばせる。

彼女は、目を輝かせながら言う。

「エンク聞いて！　ワダチくんね、やっぱりすごく気が合った。この世界のこと、《決断者》のこと、無責任な親のこと、ボロカス言って盛り上がった。ただ、キスは別に甘くなかった。でもね、すごいこと聞いちゃった。いい？　驚いて腰抜かさないでよね？」

その少女、理叫は腰に手を当てて胸を張り、まるで宝の地図を見つけでもしたかのように、誇らしそうに言うのだった。

「温もりの門の場所がわかったの！」

V

人の住める限界地と言われる、北の至厳嶺《シゲンリヨウ》。

その東端の岸壁を目指し、円狗たちは進んでいた。

吹雪いてこそいなかったが、僅《わず》かばかり生《む》した草は凍てつき、踏みつけるとしゃりしゃりと音を立てる。サンドキッカーであるチョコは寒さに耐性がないため、一つ前の街のバードハウスに預けてきている。それまでの旅路でいかに類馬に助けられてきたかを、ただただ実感する道のりとなった。

「大丈夫か、理叫！」

グローブをした右手が繋いでいるとはいえ、理叫の状態が気になった。

おぶってやると何度も言ったが、理叫は自分の足で歩きたいと言って聞かない。

「ええ！　ちゃんと歩けてる！」

震える声で返されても安心にはほど遠いが、円狗も人のことを言えた状況ではなかった。

機械腕の温度が急激に下がり、肉体との接点が裂けるように痛むのだ。

かつて、円狗と同程度に機械換装した福祉兵器が、北方の任務はもう懲り懲りだと言っていたのを思い出す。なるほど腑に落ちる。

街から岸壁までは、一日で歩き切ることは難しい距離だった。

寒さを凌《しの》ぐために入った洞穴で夜を越す支度を始めると、理叫が円狗の手を取って言った。

「腕。すごく冷たそう」

理叫は、はぁー、と白む息を吹きかけ始める。

「何をしてるんだ」

「何って、熱を分けてあげてるの。直接触ったら冷たすぎるでしょ？」

息を胸いっぱいに吸い込み、はぁー、はぁー、とやる。そんなことをしても表面に霜がつきこそすれ、機械腕の温度など上がるべくもないのに。

けれど無意味ではなかった。それどころか、この世には無意味なことなどなかったのだ。その優しさは円狗の心を温めた。まるで七十余年間使う機会のなかった体の機能を、埃《ほこり》を払って呼び起こしたみたいに。

塩と油のスープと類牛の干し肉、それにチーズを練り込んだパンを食べ、寝袋に入る。風がぴゅうと鳴っていた。

きっとどこかに風の通り道があるのだ。

そろそろ眠った頃か——円狗が予備の薪《たきぎ》を取りに行こうと腰を上げた、その時だった。

「両親が老骸に襲われたって言ったでしょ。本当は少し違うのよ」

「起きていたのか」

「寝てたら喋《しゃべ》りかけられないでしょ」

そんなの当然でしょ、という具合に理叫が言う。

この三ヶ月半で、円狗は彼女の不遜な態度に想像以上の親しみを持っていた。

「本当はね、お父さんが老骸になったのよ。まだ四十五歳だった。私を妊娠していたお母さんが連鎖反応に巻き込まれて、それで私は——」

しばらくの沈黙ののち理叫は、絞り出すように告げる。

「老骸の体内で、臨月を迎えた。私を取り上げたのは、福祉兵器のお姉さんだった」

円狗も一度、高齢の母体が宿した赤子を、老骸の腹から取り出したことがあった。老骸化は無論のこと、その連鎖反応も年老いた人間にしか及ばない。最年少は、二十九年前に観測された三十二歳という齢である。

赤子は老骸化から最も遠い。

それゆえ母体が老骸と同化を果たしたのちも、胎盤と胎児だけは残るのだ。

ただ生体活動ではなく、奥豊の力によって駆動する老骸が、なぜ胎児を生かし続けられるのか。その理由は定かではないし、円狗が取り出した赤子も結局数日で息を引き取った。

「私が許せないのはさ、私を産んだ両親じゃない。このサイテーな世界の摂理そのものなんだ」

ぱちぱちと生木が爆《は》ぜ、火の粉が飛んだ。

横顔の理叫が少し申し訳なさそうな表情を作った。

「でも、やっと終わらせられる。エンク、絶対見つけようね」

体をこちらに向け理叫が、円狗を見つめてそう言った。

「……そうだな」

円狗は、静かに答えた。

翌日歩みを再開し、正午には『海』を肉眼で見ることが叶った。断崖のすれすれまで歩くと、潮の引き始めらしく、浅瀬にはなっているものの、まだ波が岩壁に打ち付けていた。

断崖に沿って進むと、ようやく目印となる『角笛のような岬』が見つかった。理叫は小躍りをした。

岬からは岩盤を削ってできた天然の階段が降りていて、まだ湿り気の残る岩礁に降り立つことができた。その背後には――巨大な空洞が続いていた。

「西に贅厳山《ゼイゲンザン》を望む断崖の、角笛のように突き出た岬の元、隠された回廊に続く洞窟――本当にここにあった」

理叫の声が大いに反響した。果てしない奥行きと、深淵を感じさせる佇まいは、二人にここで間違いないという確信を与えた。

顔を見合わせ、闇へと踏み出す。入り口付近にはまだ外から入り込んだ光のおかげで明かりがあったが、数十歩も進まないうちに完全な闇が訪れる。ランタンを灯し、さらに奥へと進んだ。

「ねえ、エンク」

「どうした」

円狗が問い返すと、理叫は伏し目がちに囁いた。

「ありがとうね」

不遜な態度が板についている理叫の、時折見せるしおらしい態度。それは円狗の心を和ませる一方で、不安にさせもする。彼女が心の支えにしている怒りや敵愾心《てきがいしん》を、少しずつ手放していっているように思えるためだ。

「あなたと出会って、諦めてたクロージング・ノートもこんなに埋められて、そりゃ類犬《ルイケン》は飼えなかったし、星座も見つけられなかったけど、他は全部埋めたし」

最初は倍近く差があった歩幅も、今は難なく合わせることができる。

想像もできなかったことだ。

「私も、自分のことながらとても意外だ。こんなところまで来るとは思っていなかった。こんなに長い時間、君のような弱くて脆《もろ》い人間と過ごすなど」

「ふふん。寂しい老後に花を添えたってわけね。いい仕事したな、私」

理叫が倨傲な笑みを浮かべる。いつものように。

奥に進むにつれ、洞窟の温度は上がっていき、適度な湿り気も帯びてくる。贅厳山の雪解け水が染み出し、細いせせらぎとなって足元を通っていた。

やがて、うっすらとした光が現れる。円狗は視線を持ち上げた。天井に張り付いた菌類が、青白い光を放っていたのだ。

「わあああ！　見て！　すごく綺麗！」

理叫が、感嘆の声を上げた。実際にそれは感嘆に足る光景だった。

「まるで星座のようだな」

円狗が言うと、理叫は大きく頷く。

菌類は刺激を感じ取って光を放つらしい。円狗たちが歩けば、その真上の菌類がスポットライトのように二人を照らした。命の足りないこの世界で、それもこのような極地の洞窟で力強く生きる生命の姿は、奇跡を思わせる。

光はどんどん強くなり、やがてランタンが必要ないと思えるほどになる。

「じゃあ、あれ。あの不格好な輪になって見えるやつ。命名します」

理叫が指さして言った。

「チョコの轡座」

類馬用の轡は、確かに、嘴にぴたりとはまるように輪の形をしている。

「いい名付けだ」

「これでセミコンプリート。うん。やった」

理叫は立ち止まると、上着とインナーの間からノートを引っ張り出し、律儀にもその場でチェックをつける。目的地に着いてからでもいいんじゃないか、と――。内心で思い、円狗はその考えを訂正した。なぜなら、目的地に着くということは、それは、旅の終わりを意味するのだ。

この娘は今を生きている。

彼女の今を邪魔してはならない。

そんな尊ぶべき今も、ついに終わりを迎える。


風の流れ方と、声の反響具合が変わった。羽毛の衣類が邪魔に思えるほど、温度もかなり上がったように感じた。細い洞窟を抜け、何か巨大な空間に出たらしい。天井が遠のいたことで菌類の光も遠のき、暗さは増している。

だが巨大な空間の前方には、何かぼんやりとした光源があるようだった。

それが、おそらくは――。

「私って、幸せだったよね」

唐突に立ち止まると、振り返り、ぽつりと言った。ランタンの光を浴びて暗がりの中に浮かび上がる少女が、ぶっきらぼうにはにかむ。

「ああ」

「すごくいい十三年間だった。でも、特にこの三ヶ月少し。夢みたいだったよ」

「そうだな」

「エンクも、いえ、エンクだけでいい。あなたは祝福してくれるよね」

「理叫、私は――」

円狗は、そこで一旦言葉を切り、理叫をじっと見つめる。

そして、震える声で言った。

「生きて欲しいと思っている、君に」

まさか自分の喉から、こんなにも脆弱《ぜいじやく》な音が出るとは。

なんと返されるのか、心底恐ろしかった。至高の福祉兵器が、少女に、視線を合わせることすらできない。それでも、言わねばならぬと思った。言わねば、後悔すると思った。

「潤都にいた時に淡く思い、今では確かな願いとなった。私は君に生きて欲しい」

恐る恐る顔を合わせる。

そして円狗は気付く——越えてはならない一線を越えてしまったのだと。

世界に対する怒りでも、小さな体に宿る敵愾心でもない。瞳の中に、海の底のような闇を閉じ込めた理叫が、無言でこちらへと歩いてくる。

闇が睨んでいた。両の眼孔に詰め込まれたいっぱいの闇が。

「結局あんたもそっち側かよ」

およそ理叫のものとは思えぬ低い声で。

か細い腕が伸びてきて、円狗のジャケットの裾を摑《つか》む。理叫の腕力では、円狗の体を倒すことなど不可能。そのはずだった。だが理叫が押すと円狗の体はいとも容易《たやす》く後傾し、尻餅をついた。二本角の老骸に、倒れなかった円狗が。

だが、明らかなことだ。いくら兵器という役名で己を守り、冷徹な存在として振る舞おうと、所詮、脆弱な人の心を鋼の体で覆っているだけ。

そこにいるのは七十余年、ただ人との関わりを避けてきた臆病で孤独な老人だった。

「もうついてこなくていい。あんたには失望した。どっかいって」

声を高らかに響かせ、歩き出す理叫。

その小さな背中が遠くなる。どんどん闇へと呑み込まれていく。円狗は立ちあがろうとした。四肢が軋むのを感じた。脈打つ人工心臓の音が煩《わずら》わしかった。触れたことのない痛みだった。

それでも、立たねばならない。

拒絶されたとしても、まっとうすべき役がまだ残っている。円狗は理叫の背中を追い、盲目的に体を駆動した。

そして、至る――。

「これは……」

二人を迎えたのは、聳《そそ》り立つ巨大な壁であった。壁面はわずかに凸状に反り、その滑らかさと光沢は人工物を思わせる。曲面は、ちょうど扉のように淡く光る線によって囲まれている。門という代物に見えなくもないその壁面には、文字が書かれていた。

否。書かれていたのではない。刻まれていたのだ。

人の図体よりもずっと大きい、どのように削り取ったのかさえ想像のつかない、巨大な彫り文字の一行で。

《命に引きかえせ》

理叫が、両膝から崩れ落ちた。

「何、これ」

そこにあるべきだった、光と温かさに包まれた人生最後の地は、ぼんやりとした光を放つただの金属の壁だった。

「温もりの門は。私のクロージング・プランは……」

その場で力なく伏せ、額を地面にすりつけ、理叫は譫言《うわごと》のように囁く。

そんな彼女を尻目に、円狗の意識は壁全体へと及んだ。

「ちょっと待て、これは――」

そして彼は、壁面に埋まった金属プレートを目にする。そこには次のようにある。


《サムサラ632》・サステナート型恒星間航行移民船。

建造、西暦2389年。出航、西暦2411年。


知らない暦に、知らない名前。そもそも読み取れない文字もある。

けれど移民船という意味の文字は、今でも同じものを使う。

「これは、宇宙船のハッチか？　だとすると信じられないほど巨大な――」

頭をよぎる。一つ前の街を出た直後に見た、地平線を埋め尽くさんばかりに広がった贅巌山の、呆れるほどの壮観を。

演目《星跨ぎ》によって描かれていたのは、惑星移民である。あの話が正しければ、今もこの王球のどこかに、ジョルゼン王の作った十隻の移民船のうちの一隻が――一億もの人を運べる巨大な船が、残っているはずである。

そして資料館で記述される宇宙船の形状と、贅巌山のスケールは驚くほどよく似ている。

「まさか贅厳山そのものが、船、なのか……」

ということは、ここは――ハッチなのか。

恒星間航行移民船の内と外を繋ぐハッチ。

だがハッチは固く閉ざされているし、開閉機構も機能していない。開かない扉。それを温もりの門と呼んだのなら、皮肉が利きすぎている。

円狗は混乱する思考を整えながら、ランタンを動かす。すると《命に引きかえせ》から右に逸《そ》れた位置に、同様の彫り文字が見えた。

円狗の発見を察知したのか、理叫も顔を上げる。

「なんて書いてあるの……!?」

理叫は簡単な文字しか読むことができない。命に引き返せ、という文言も、どれほど理解できているかは定かではない。だからこそ、彼女にはまだ一縷《いちる》の希望があったのだ。壁面に温もりの門についての新たな手がかりがあったのだと、頑《かたく》なに信じていられたのだ。

「理叫、だが、これは……」

「いいから読んでよ。早く!」

円狗は抱擁丸を肩から外し、抱擁丸の鞘の先にランタンをくくりつけ、まっすぐ高く持ち上げる。そして碑文を声に出して読み始める。文法の違いや、欠落している単語もあったが、内容は概ね理解できた。

この星に降り立った時、私たちは絶望にくれていた。艦内のテラフォーミングマシンだけでは、陸地の一角の緑化さえ叶わないことがわかったのだ。果たして文明を再建できるほどの人間が生存できるか、それすらも見通しが立たない。

ゆえに近い将来、きっと我々の孫の孫の孫の世代にもなれば――世を果敢《はかな》み命を投げ出そうとするものが、少なくない数現れるであろう。だから私は一つの伝説を流布することにした。痛みなく、幸福のまま死ぬことのできる場所《暖かな地》という伝説。

いつの日にか世界に絶望した誰かが、伝説を辿《たど》ってここへ来るだろう。しかし私には確信がある。その者はかならずや伝説への憧憬《しょうけい》を捨てている。なぜならここへ来るまでに多くの人々の優しさに触れ、生きる希望を分け与えられるに違いないからである。

人の生きる力は侮れない。絶望の中にいた我々でさえ、この世界で生きていく覚悟を決めたのだ。だから流浪の者よ、安心し給え。

私は断言しよう。ここに来た者は、自らの命の重みを背負ってこの場を去る。

希望を抱いて、胸を張って、命に引きかえせ！


読み終えて、円狗は理解する。これは《決断者》の言葉だ。

最初にこの星に降り立ち、王球と名付けた者たち。まだ奥豊が分配される前の、完全に死んだ大地を目前に、絶望に打ちひしがれていた者たち。されど、この星で生きるという《決断》を下した、六千万人。

ざじ、と音を立てて、理叫が立ち上がる。

瞳の闇はさらに暗く黒く深まり、壁の文字を睥睨している。理叫はゆっくりと歩み出し、壁面に達すると、

「ふざけんな」

そう言って、腕をぶつけた。

「それは全部、お前らの都合だろうが！」

蹴りもした。額を叩きつけもした。鈍い音が鳴った。だが、そこにあるのは、おそらくは宇宙船の外壁。何千年という星間航行に耐えうる、旧文明の生み出した究極の盾である。

理叫の腕力はおろか、円狗の全力でもってしても、どうにもならない。

それほどの空間的、時間的断絶が、そこにはある。

「勝手に生み出して、勝手に押し付けて、自分だけ気持ちよくなって去りやがって！　卑怯だ！　この卑怯者が！　ちくしょう……！」

それでも理叫は打ち付けた。打ち付け続けた。怒りを。悲しみを。燻《くすぶ》った絶望の全てを。

彼女の無謀な行為は、さながら摂理への挑戦であり、道理への抵抗であった。

理叫は敗北した。

両手を打撲し、肘を青黒く染め、額からは血を滴らせ、もはや彼女の体のどこにも、打ち付けられる部位がなくなった頃――。

低く、うめくような音が、その場を駆けた。

「この音は」

円狗と理叫はとっさに、壁面を見上げる。理叫の思いが届いたのか、と――。一瞬二人は同じ幻想を抱いた。だが二度、同じ音を聞いてはっきりとする。音は壁面から放たれてはいない。音は壁面に向かって左手の虚空より鳴っている。

ゾッと、円狗の生身の脊椎を、悪寒が駆け上る。

（そうだ。これは宇宙船の外壁、人の手で傷つけられるようなものではない）

円狗の意識の焦点はすでに虚空へと絞られている。

体が自然と警戒態勢に切り替わり、人工心臓が四肢へと膨大なエネルギーを送り始める中で、思考はその後をゆっくりと追従した。

（それならばあの文字は誰がどう彫った……？）

まるで、巨人が書いたような――。

直後。それは闇の中から、自らランタンの明かりの元へと歩み出た。

「理叫、さがれ……！」

告げた時にはすでに、円狗は抱擁丸を抜いていた。

現れたのは人。ただし、見上げるほどの巨体である。寸胴のような太い二本の足で、まっすぐに立つ異形。細長い腕が摑むのは、深紫色に輝く槍。

それは円狗が初めて出会う、武器を持つ老骸であった。

火花が散っていた。奥豊によって錬磨された刃同士がダイヤでダイヤを砕くがごとく、刀身をすり減らしていた。それは凄まじい打ち合いであり、躱《かわ》し合いであり、削り合いだった。

「ロンジチュード、ロンジチュード伯……！」

戦いの最中、円狗は通信機へと呼びかけた。だが。雨のようなノイズが聞こえるだけで、相手方の声は一向に聞こえてこない。したがって、こちらの声が届いているかさえわからない。

「くそ！」

横薙ぎにされた槍を鼻先の寸前で躱す。勢い余った切先は地面をケーキのように抉り、宇宙船の壁面にさえも引っ掻き傷を残した。やはり。碑文は、あの武器によって彫られたのだ。

円狗は距離を取り、いま一度その巨軀を注視し、分析する。

対象は二本角。形状は人間に類似。全長は目測二十メートル。捌《さば》けない体格差ではない。人間型、すなわち直立種の老骸の出現は、稀ではあるがこれまでも報告されてきた。円狗も二度ほど福祉実行した記憶がある。

だが、どちらも武器を操ることはなかった。

こいつは今までのものとは根本的に違う。

何が違う……？

円狗が老骸に勝る点といえば、小回りが利くことぐらいである。だが円狗が脇から回り込もうと股の下を滑って背後を取ろうと、老骸は敏捷に旋回し円狗の刃を受け流す。

力の拮抗《きっこう》。

そのうちに円狗の思考が結論を手繰り寄せる。

この老骸の素材となった人々は——決断者。最初の世代だ。奥豊を摂取し始めたのは晩年ということになる。幼少期から奥豊とともにある我々とは根本的に体のつくりが違う。

ゆえに老骸化した際に自我が強く残った？　碑文を残すほどに……!?

閉鎖空間。

老骸の特異性質。

回復しきっていない精神状態。

それら全てが重なってようやく至高の福祉兵器に生まれた意識の切れ目、そこに追い討ちのように重なった不運。老骸がぴたりと動きを止めると、狙いを理叫へと変更したのだ。

対象が複数あれば、老骸は必ず、より強い命の輝きを狙う。

だから、つまりは、そういうことだった。円狗は——それほどまでに疲弊していたのだ。

理叫を救えなかった後悔と、理叫に突き放された悲しみのために。

「理叫――ッ！」

無論、体より声の方が疾く。

壁面に身を寄せていた理叫が、顔を上げた。

眼前に迫る老骸の巨軀を、彼女は、ただぼうっと眺めていた。感情の読み取れない顔つきで、何か、自分の中で答えが出るのを待つように。

円狗の体がその間に割り込んだ。

ギリギリだった。

抱擁丸で受け切る余裕などなかった。

結果、槍は円狗の右肩を突き刺し、生身を抉った。右の機械腕が基部からちぎれ、金属部品が空中にばら撒《ま》かれた。致命的な一撃だった。少なくとも、並の福祉兵器にとっては。

かろうじてまだ意識の手綱を握っていた円狗は、倒れゆく体で理叫の顔を見つめていた。

彼女はまだ、答えを探していた。そこに本当に悔いがないのならば、円狗は体を倒れゆくに任せようと思っていた。理叫が望むのなら共に死ぬこともまた、一つの道だと思っていた。

だが、彼女はその間際に答えを出した。理叫の表情が、アルミ容器を潰すようにくしゃりと歪《ゆが》んだ。その表情の意味を、消え掛かっていた円狗の意識は、掬《すく》い取った。

死にたくない。ならば――

守る。

右半身を大きく失い、左右の均衡も欠く。握っていた抱擁丸も、それを握っていた腕と共に、放物線を描きながら落ちている。体に蓄えられた奥豊の力も残り少ない。

それでも。

円狗は、体にかかった慣性のままに身を翻《ひるがえ》すと、逆手で抱擁丸を取り、そこにしがみつく右腕の残骸を噛《か》んで咥《くわ》え、首の力で老骸へと放った。一瞬のうちに行なわれた絶技。尋常ではない意志の力が、それを可能にした。不意打ちを喰らい、老骸が攻撃の手を休めた、一瞬。その針穴の如き一点を目掛けて、円狗は踏み込んだ。

儀式前の問答を省略し、左手で持った抱擁丸で貫いた。

「福祉実行」

こうしてまた一つ、絶望の円環を断った。円狗の意識が途切れたのはその直後のことだ。

Ⅶ

かつて西に、《充都《ジユウト》》という都市があった。豊富な奥豊はその街に、肥沃《ひよく》な大地と温厚な人々を育んだ。その都市では若き者も老いたる者も共に暮らし、共に生きていた。

青年は、そんな優しさに包まれた都市で育った。

だが優しさのために充都は、内部で発生した超大規模な老骸化の連鎖反応によって、一夜にして滅ぶこととなる。二万人近い老いたる者の体を素材として顕現した、史上二体目の三本角の老骸によって、街はことごとく破壊され、三十万人に届く死傷者を出した。青年の両親と祖父、それと嫁入りを控えた妹も、その数字の一部となった。

一夜にして全てを失った青年が失意から這い上がるためには、冷徹さが不可欠だった。その日から青年は己に言い聞かせてきた。弱きことは悪《あ》しきことであり、悪しきものには世界を憎む資格さえないのだと。

せめて世界を恨む資格を得るために、青年は福祉兵器となった。そこから続いているのは無数の亡骸《なきがら》と、老骸とが折り重なるようにして積み上がった、死の畦《うね》である。

愛や安らぎなど望むべくもない、文字通り再分配のための兵器としての生。だが皮肉なことに青年の体は、そのような生を歩むための強さを具有していた。

生きるための希望を必要としない、人の形をした機関。

いつからか人々は彼を、至高の福祉兵器と呼び始める。

記憶の奥底をなぞるような、時間の旅であった。それは自分を終わりへと導く、走馬灯の明かりだと思っていた。何より円狗を安心させたのは、討ち死にできたという事実。老衰の先に待つのは、老骸化による強制的で屈辱的な延命である。王球では、病や事故によって死ねるということほどありがたいことはない。

だが——。

長い旅路に終わりを告げたのは天上の光でも無限の闇でもなく、生木がパチパチと爆ぜる音だった。

天井は闇に覆われていて見えず、そのうちにあの独特の風の音も聞こえ始める。

洞窟内から動いていない……？

意識が灯ったことで生じる、呼吸の微細な変化を、鋭敏に感じ取ったのだ。

「エンク！」

彼女は、どこからか駆け寄ってきて、その名を呼んだ。

「理叫……」

意識が灯ってからというものすでに二十回は息をしたが、空気が喉を通るたびに右半身に痛みが走った。意識が鮮明になるにつれ、痛みの解像度も上がっていく。当然、右腕の感覚はない。だがそれだけではない。槍は鎖骨を貫き、右の肩甲骨と胸骨の一部をも砕いていった。たとえもう一度立ち上がることができたとしても、姿勢維持に重大な障害が残ることは間違いなかった。

円狗は自分の体がどこまで命令に従うか、試そうと思った。

だがその意図を察知したのか、未然に理叫の手が伸びてきて、円狗の胸にそっと触れる。

「そのままでいて。十日は起こしちゃダメだって言われた」

「誰に、言われた」

「お医者さんに決まってるでしょ。私に手当てできる傷だったとでも思ってるの？」

円狗は改めて、自らの体を見つめる。右上半身は、ごっそりと肩から抉り取られているものの、厳重に包帯が巻かれ、血も止まっているようだった。骨と繋がっていた機械腕の基部が丸ごと取り除かれたことで、感染症の心配もある程度は抑えられているように思える。

「でも、その人ももう都に帰っちゃった。八日前のことよ。その時もらえた薬ももうきれかかってる」

「八日……!?」

それほどの長時間、意識を手放していたのか。

確かに、首を傾けてみれば、壁面に寄せるように様々な物資が積まれている。その中には簡易トイレや、火熾《おこ》し器、そして食べ散らかされた缶詰食なども見える。

だが想像すべきは、時の長さだけではない。

理叫が――まだ十四にも満たない少女が、あの凍てついた大地を歩き、医者を一人、この辺境の地へと連れてきたということ。

尋常な困難ではなかったはずだ。

「意外と生身も残ってたのね」

理叫は、円狗の胸へと当てていた指先を患部へと動かし、そっと撫でた。

それから彼女は神妙な面持ちを作った。

「……熱を持ってる。抗生物質が必要だわ。待ってて」

ジャケットを手に取り立ちあがろうとする理叫の腕を、円狗は残された腕で摑んだ。摑む腕がまだあって、幸運だった。

「理叫」

呼ぶと、理叫はどうしたのと言ってくるりと体を回し、円狗のそばにしゃがみ込む。そして、まるで病の子供に向けるような気遣わしげな顔を向けてくる。

「肩からやられている。これではもう機械腕は装備できない。福祉兵器としての価値を失った私に、生きる意味はない」

円狗はなるべく平静に、なるべくはっきりと、言葉を紡いだ。

「街へ行ったら、もう戻らなくていい。私の為にこれ以上、煩《わずら》うな」

円狗のもっぱらの関心は、自害のためにこの場にある何が利用できるか、ということである。置き去りにされて餓死を待つことも手ではある。だがその間に老骸化してしまわない保証はない。

確実な死を自らの手で選ぶことが最後の望みとなろう。

無論その提案が理叫を怒らせるであろうことぐらい、円狗にもわかっていた。だから円狗はその激情に、最後まで付き合うつもりでいた。最後まで付き合って、そして、なんとかわかってもらう。置き去りにしてもらう。

そういう覚悟を固めんとしていた円狗へ理叫は――、

「そういう気持ちになるの、わかるよ」

微笑みかけた。

「でも、片腕で畑を耕せばいいじゃない。今までの経験があるんだから、福祉省の教官にだってなれるでしょ。あなたを必要としている人は、まだたくさんいるわ」

彼女の顔には、怒りの欠片《かけら》さえ浮かんでいなかった。

もう声を荒らげもしないのだ。

「七十三年も、生きた。もう十分だ」

弱々しい反論だと、自分でもわかっていた。だが、何か言わねば。なんとしても抗《あらが》わねば。呑まれてしまいそうだったから。

「七十三？　まだこれからでしょ」

なお軽やかに、理叫がそう切り返す。まだこれから？　何を、馬鹿な。円狗の胸中で、反駁《はんばく》が溢れた。先のことなどわからないこんな世界で、しかも片腕を失った老体で。何をもって、まだこれから？

何をもって……。

——君に何がわかる。

押し並べて人の思考がたどり着く為来《しきた》りじみた呪詛《じゅそ》が、胸の内に浮上しかけたその時。

はたと気付く。

理叫も、そうだったのか。

彼女もまた、呪詛を吐いてきたのだ。誰かから勝手気ままに希望を託されるそのたびに。円狗もつい数日前まで、彼女が望まないと知りながら彼女に生きろと望む、身勝手な加害者の一人だった。

あんたに何がわかる。

彼女はずっとその呪詛を抱きながら、耐えていた。

だが彼女は誰かに優しさを配れるようになる程、たった八日で変わってしまった。彼女をそうさせたのは、紛れもない円狗の負傷だ。人の情に頓着のない円狗にさえ、それぐらいはわかった。

「もうすぐ干潮だから、行ってくるね。大人しくしててよ？」

ランタンを持ち、歩き去っていく理叫の背中を見送ってから、幾分、幾時間と経ち、円狗は奇妙な感覚に浸っていた。

浮ついていて、安定はせず、ともすれば頼りないが、強さとは別次元の確かさを持った、この感覚。自分が消えてしまってもいいと思えるような心地がして、しかも、それが少しも投げやりではないという矛盾にも似たこの感じ。この世界の全てが繋がっていて、その大きな繋がりの一部になることができた、気味の悪い、だが心地よくもある、妙な安息感。

その感情がどういうものかに気付いた時、ちょうど足音が聞こえた。

理叫が戻ったのか。

重い体を持ち上げ、立ち上がる。立ち上がってから思い出す。ああ、そうか、理叫にダメと言われていたんだった。だが、不思議なほど体が軽かった。腕があった頃より、むしろ身軽であるような気がした。まるで翼でも生えているかのような――。

何もかも、胸に育ったこの感情に気付いたからだ。あの子が成長し、一人で生きていけるようになるところを、一目見たいと願うこの感情。

これこそが希望だと、漸《ようや》くわかったのだ。

あの子を、守り続けよう。

命続くその限り。

足音が近づいてくる。だが妙だ。足音は一つではなかった。先頭を歩く一人を、何人もの人間が必死に追いかけているような。気付けば目の前に理叫が立っている。口を無防備に開き、こちらを見上げている。

「エンク……？」

やけに小さく見えた。理叫の体が。

やけに遠く。

「エンク……やだ、どうして……」

理叫、どうして。悲しんでいる？

どうして。怯《おび》えている？

どうして。

直後、駆けつけた無数の足音によって、理叫の声は容易くかき消される。

「福祉兵器北方第89連隊現着！　隊長！　こ、こいつは……」

福祉省支給の防寒コートに身を包んだ福祉兵器の男の一人が、こちらを見上げてそう告げる。

「形状は翼竜！　さ、三本角です……！」

ひどく怯えを孕んだ声で。

なんの冗談かと、笑ってやろうとした。だが、声を出す方法がまるで記憶から抜け落ちてしまったみたいに、喉から音が出なかった。

連隊長らしき男が勇ましく告げる。

「少女を守れ！　陣形を崩すな！　対象を《特例災害三号》と認定！　なんとしてもここで始末するぞ！」

円狗は――いや特例災害三号は、邪悪に生え変わった右腕をひと振りした。たったそれだけで洞窟の天井が何百メートルにもわたって抉り取られ、その亀裂から、吹雪によって弱められた陽の光が差し込んだ。

落石で何人かの福祉兵器が即死したが、彼の目には最後まで理叫の生きた姿が、そして彼女の小さな体の中で揺れる薄紫色の奥豊の煌めきが、映っていた。

二人は最後の視線を交わした。人と異形として。

特例災害三号は翼を動かし、飛翔した。自ら穿った穴から外に出ると、凍土の遥か遠くへと飛び去った。

かくて特例災害三号は、最初で最後の逃亡を果たした。

Ⅷ

特例災害三号は、己の姿を見たことがない。彼の目は老骸化後まもなく、可視光を捉えることをやめ、奥豊の放つ微弱な紫外線を捉えるべく変異を果たしたためだ。

だが彼は己の体がどんな構造をしているかを、深く識《し》っていた。背中から生えた翼は、全て広げると幅百メートルを超えること。両腕というより前足は、硬質化した鋭利な爪に覆われていて分子カッターの役目を果たすこと。後ろ足は強靱であり、二十トン近い重さの体を軽々と跳躍させうること。鋭い牙を備えた顎、直列に三本並んだ角、瞳は片側で七つあり、皮膚は堅牢な外殻によって覆われていること。

だが、それらは、誰かから教わったわけではなかった。

音は聞こえているが、誰も彼に彼の外見を教えたりはしない。

彼がそれらを識っているのは、ひとえに、自ら動かしてみて理解したからである。――いや。その言い方では少し齟齬《そご》があったかもしれない。彼は当初、自ら動かすつもりなどなかった。すべての老骸がそうであったのだろう、人を襲いたくなどはなかった。だが体は自《おの》ずから飛び立ち、自ずから人里に降り、自ずから人を害した。彼ができることといったら、ただそれを体の内から感じていることだけだった。

最初に襲ったのは、村落から外れた位置に建つ荒屋に住まう母子である。夫は働きに出ているためか家におらず、辺りに他に人気《ひとけ》もない。彼は、体の暴虐を止めたいと思っていた。その抵抗が功を奏した結果、予想しうる被害が最も少なそうなその場が選ばれたのだ。

人間がひどくちっぽけに見えた。だがそこに優越感や侮蔑《ぶべつ》の気持ちなどあろうはずもない。彼はただ体の破壊衝動に導かれるがままに、その家に前足を振り下ろした。家は消し飛び、隣接する畑をも抉って、その爪痕はおよそ二十メートルにわたって地面を引き裂いた。その時彼は自らが屠《ほふ》ってきた対象に自らが成ったのだという、逃げ場のない実感を得た。絶望は計り知れぬものだったが、何より彼を苛《さいな》んだのはその絶望を叫ぶための声を、老骸の体が持たぬことだった。

次に村落を襲った。その頃には彼は、紫外線を介した新たな視野を、使いこなしつつあった。そこでも彼は別の家族を見た。夫が、妻子に覆い被さって守っていたことが印象深かった。そこで彼は改めて自覚することになる。人の言葉が聞こえているのだ。夫の勇ましい声。妻の祈り。子供の喚《わめ》き声。その全てが、彼の意識に届いていた。届いていて、その上で、何も伝え返すことができない。

夫の体を両断し、母子ともにサンドイッチのように噛みちぎった。度し難いことだった。人の体が折りたたまれ、己の口の中で少しずつつぶれていく感覚を噛み締めるたびに、彼は泣きながら体に、どうかやめてくれと乞うた。

されど体は己の手綱を離れ、暴虐は激しさを増す。

自ら死を選ぶことは許されず、人を害し続けることも止められない。彼はずっとそばで見てきたはずの摂理の悍《おぞ》ましさを、当事者になることで初めて本当の意味で思い知った。

季節は恐ろしいほどの速さで移り変わっていく。その過程で、体と心との境はすり減っていった。絶望が日常となり、絶望が正常となり、彼は絶望に慣れていった。

その代わりに、絶望を感じることをやめた心にはずっと、なぜ？　という疑問が渦巻くようになった。

なぜ？

なぜ、人は老骸にならねばならぬのか。

なぜ、七十余年もの間ずっと老骸にならなかった自分が、理叫を守ろうと誓った瞬間に老骸になったのか。

なぜ、こんなにも世界は悍ましいのか。なぜ、こんなにも摂理は邪悪なのか。まるで王球とは、そこで生きる人間を苦しめるために作られたような星ではないか。こんなのはただ、惨《むご》たらしさを描き出すための馬鹿げた舞台装置ではないか。

彼は考えた。

考え続け、その間にも体は暴虐を働き続け、そして長い年月が経った。

彼はその日も襲撃に出た。その頃になると北方方面は、度重なる襲撃によってほとんど人の住めぬ土地と化し、移住が顕著になっていたので、襲撃のためには何百キロも飛ばなければならなかった。

村一つを滅ぼした帰路だった。村のはずれとも言えぬような一面の荒地の只中に、忽然と佇む家屋を見つける。

そこには家族が住んでいた。若き女と、女の抱く赤子、そしてそれを見守る男。だが彼が注視を始めてまもなく、若き女の命は途絶えた。小さな畑と、ほんのわずかな奥豊の蓄え、そして小屋のような家屋。それのみを頼りに、無限の荒野にたった二人が取り残された。だが彼は別段、哀れみを持ったわけではなく、洞窟の天井に光る菌類を見た時のように、純粋な興味と感動からその二人に惹《ひ》きつけられていた。

この頃になると、彼はもはや老骸の体を隅々まで理解していた。月に一度訪れる抗いがたい破壊の欲求は、村一つを完全に滅ぼし、そこにあるありったけの奥豊を喰らえば満たすことができる。そして満たしてさえしまえば、少なくともまたひと月は渇望に苛まれずに済むのだ。

彼は父子の行く末を見守るために、毎月、近傍の村を襲うことにした。

初め、男は無気力だった。だが赤子が泣き喚くたびに奥豊を煎じ、穀物を煮て作った重湯を飲ませはしていた。子を殺すわけにはいかぬという、義務のために生きているようであった。やがて体内の奥豊の廻りも安定してくると、子は一人で立つようになった。すると、父の態度が変わり始め、どこか無気力だった営みに活気が溢れてくる。

長い年月が流れた、その日。

子が、最初の言葉らしい言葉を放った。

父は二本の足で立ち、自分の名を初めて呼んだであろうその子を、強く抱きしめた。その時だった。にわかにその男が、紫色の光を放ち始める。特例災害三号には見えていた。それは紛れもない生命の輝きだった。そして――瞬《また》く間にその男は、痩せた類猿《ルイエン》のような姿の一本角の異形と化した。人一人分の体軀しか持たない弱々しい四肢に、子を抱いたまま。

そこからは一瞬だった。潜んでいた福祉兵器が飛びかかり、老骸と化した男を速やかに処分したのである。一本角で、さらに連鎖反応も経ていない、まだ異形としての力も弱い段階。格好の獲物だったのだろう。

なんと、むごい。

そう想いながらも、何かがぴたりとはまったような感覚が残る。ついに心まで老骸と化したか。凄惨な光景を目の当たりにしてもなお、希望が胸に残るなど。

希望――。

特例災害三号は、その言葉を反芻した。そして、言葉を紡ぐことのできぬその身でつぶやいた。伝わる相手のない彼のためだけの言語で、それでも彼は、つぶやいた。

「そうか」

特例災害三号がふと周りを見渡すと、街の外側には生命の欠如した乾ききった大地が広がっている。この大地に、先ほどの男の宿した生命の輝きは――分不相応だった。そう。

そもそもがおかしいのだ。碑文にも書かれていたように、この星ははなから人の住むべき場所ではなかった。けれど現に、命は続いている。続こうとしている。断てども断てども、命は、めぐることを休みはしない。

人が死の宿命に抵抗し、打ち勝ったためだ。

だが、なぜ打ち勝つことができたのか。

それは人に、道理を覆すほどの生への執念があったから。

「だからか」

なぜ人は老骸にならねばならない？　なぜと想いながらも彼はどこかで定説を甘受してきた。人は老いることで老骸となる。そして老いとはこの世界に絶望することなのだと。

逆だったのだ。

人を老骸に変えるのは絶望ではなく、希望を抱くこと、それも自分の体ではなくその輪郭の外に、生きる意味を見つけるということ。それこそが、老骸化という現象の真のありさまであり、老いという現象の真のありさまなのだ。

だからこれは悲しみではない。この爪は、この翼は、この牙は、絶望ではない。自分は確かにあの時、理叫の明日を想った時、生きていてよかったと想えた。自分一人の体だけでは到底語れぬ命の、宿命の円環の一部となれたことを悟ったのだ。たった一つの皮肉があるとするならそれは、生への執着のあまり老骸と化すということ。喜びを知った時、体はそれを語る言葉をもう持たないということ。

だが――。

「世界は幾分、マシだった」

とある父子の凄惨な別れを見届けた特例災害三号は、新たな襲撃対象を探して飛び立った。心には終わらない苦痛があった。老骸でいることへの絶望があった。

だがこの身に余る苦痛は、この身に宿っていた生への執着のために生まれた。この苦痛の大きさを知るたびに、彼はこれから生まれてくるものが抱く生への執着の大きさを実感することができた。だから彼は、まだマシだと思えた。

この絶望こそが、希望なのだ。

*

贅巌山の頂き、吹雪の中で特例災害三号は目を覚ます。

それは彼が老骸になってからの十数年で、感じたことのないプレッシャーだった。

「こちら福祉兵器北方第09連隊。現着」

左右十四の瞳が捉えたのは、無数の福祉兵器を従えた一人の人間だった。胸に、一際強き奥豊の光を宿したその人間もまた、四肢を機械腕に改造していることから、福祉兵器であるとわかった。

人間は刀を提げていた。それは、見覚えのある刀だった。

「隊長より各位。少し待て」

人間はそう告げ、一人前に出た。せっかく隊列を組んできたのにその特性を捨てるとは、馬鹿げた行為だ、と――彼は最初、そう思った。

「ねえ、特例災害三号。ずっとあんたのことを探してた。あんたに会うために私は、生きたくもない人生を生き続けてきた。最悪なゲームだったよ、本当にさ。でも、ずっとあんたに言いたいことがあったんだ」

人間の声は、他ならぬ特例災害三号へと向かっていた。彼はそのことを理解し、そして、その人間もまた、彼にそれが通じていることを知っていた。

「聞こえてるんでしょ」

奇妙な邂逅《かいこう》だった。だがその淡い違和感も、すぐに氷解する。

「ごめんエンク！　私、歪んで育っちゃった！」

なんということか。

彼は思った。心の中で幾度も叫んだ。なんということか！

彼の目は可視光を捉えない。だが想像することができた。歳の頃は三十前後だろうか。身長は相当伸びたようである。栄養のあるものをしっかりと食べたのだな。あの頃とは違い、短く切り揃えられたブロンドの髪が、吹雪にそよいでいるのが見える。

大きくなったな。

「だって私の漸く持てた希望が、こんなにも歪んだものだったんだから。私、あなたを終わらせるために生きてきた。でも明日からはもっとちゃんとした夢を見る。約束する。だから！」

体内の、奥豊の流れを見れば、その者の強さがどれほどかがわかる。

その者は、彼の体が怯えるほどの強さを背負って、ここまできた。

「……私事は済んだ。皆のもの、始めるぞ。私は福祉兵器３０９号」

加えて、その名さえ背負って。

それだけで円狗が己の幸運を喜ぶには十分すぎた。

「これより福祉実行に移る」

眩いばかりの奥豊の輝きに包まれたその者は、刀を抜き、祈るように告げる。

こうして人はまた一つ、希望の円環を紡ぐ。

初出「小説すばる」
「サステナート３１４」　２０２２年11月号
「推しはまだ生きているか」　２０２３年７月号
「完全努力主義社会」　２０２３年４月号
「君のための淘汰」　２０２３年12月号
「福祉兵器３０９」　２０２４年２月号

装丁：welle design
装画：中辻作太朗

人間六度（にんげん・ろくど）

１９９５年愛知県名古屋市生まれ。日本大学藝術学部文芸学科卒業。

２０２１年『スター・シェイカー』で第９回ハヤカワＳＦコンテスト《大賞》、

『きみは雪を見ることができない』で第28回電撃小説大賞《メディアワークス文庫賞》を受賞。

『BAMBOO GIRL』『永遠《とわ》のあなたと、死ぬ私の10の掟』

『過去を喰らう（I am here）beyond you.』『トンデモワンダーズ（上・下）』など著書多数。

推《お》しはまだ生《い》きているか

二〇二四年一〇月三〇日　第一刷発行

著者　人間六度《にんげんろくど》

発行者　樋口尚也

発行所　株式会社集英社

〒一〇一−八〇五〇　東京都千代田区一ツ橋二−五−一〇

電話　〇三−三二三〇−六一〇〇（編集部）

〇三−三二三〇−六〇八〇（読者係）

〇三−三二三〇−六三九三（販売部）書店専用

印刷所　TOPPAN株式会社

製本所　株式会社ブックアート

ISBN978-4-08-771871-3　C0093